滄海叢刊

分析文學

陳啓佑著

1980

東大圖書公司印行

中華民國六十九年十月初版

分析文學

基本定價叁元

著作者 陳啓佑
發行人 莊剛彰
出版者 東大圖書有限公司
總經銷 三民書局股份有限公司
印刷所 東大圖書有限公司
臺北市重慶南路一段六十一號二樓
郵政劃撥一〇七一七五號

行政院新聞局登記證局版臺業字第〇一九七號

自序

陳啓佑

高中時代我唸的是工業職業學校，三載高工生涯泰半在化學實驗室及有機化學、電化學、分析化學課本裏渡過。大一我唸的是物理系，至大二才轉入中文系，轉入我高中時夢寐以求的科系。雖然直到大二我才眞正找到一生所要走的道路，但是自高一以迄大一，漫漫四年的理工訓練並未白費，邏輯的思考和求眞的精神對於日後我從事文學研究工作委實有莫大的助益。

從大二開始專心鑽研浩瀚如海的中國文學迄今，屈指一算，已有六年的光陰，其間所發表過的有關中國文學的單篇論文，殆近三十萬言。以撰寫論文來鞭策自己讀書，乃是六年來我所堅持的求學方法。第一篇論文「詩中的鏡頭作用」披露于六十四年十一月號幼獅月刊，處女作的發表對大二的我具有頗大的鼓舞作用。此後，六十六、六十七連續兩年，忝獲教育部青年研究著作獎，給我的論文撰寫工作帶來更多的曙光，這或許是令我一直努力不懈於此道的主要因素吧。

起步之初，承蒙張師夢機指點迷津，張老師爲人豪放而風趣，舊學根基十分深厚，詩、詞、文之評論尤爲其所擅，我有幸耳濡目染，實在受益匪淺。後由張老師之引見而認識心儀已久的黃師慶萱，我的修辭學及文學評論方面的知識得其啓示甚夥。大四下，始與黃師永武書信往來，佘碩士論文卽於黃師永武指導之下撰就，黃師永武對我的影響眞可謂旣深且巨。可以說，有此三位恩師的沾漑，方才有這本書的問世。

書名「分析文學」，乃是從我高工時所唸的「分析化學」一門課程獲得靈感的，所謂「分析化學」，其主旨在於察出化合物中的原質或各原質重量之比例。假如將文學作品比喻爲化合物，則對文學化合物加以剖釋、鑑賞的這種行爲，稱之爲「分析文學」應不爲過吧。

分析的工作釐分兩類，第一輯是專門性的，理論性的，比較深入，對象包括詩、散文、小說等。而普遍性的，淺白的論文則收入第二輯，此輯乃是遵照主編囑咐而收集者，其目的在于順應一般讀者。第二輯中平易近人的解說，倘能使老嫗都解，以利於古詩之推廣，則於願足矣。這種淺說古詩的工作，近年來業已有許多學者紛紛從事，蔚成風氣，的確是一種可喜的現象，至盼更多人來爲古詩作淺析，且能長此以往，則不但是讀者之幸，亦是古詩之幸。

此書所收之論文，對于批評方法的選用，採取兼容並蓄的態度，因爲單以一種批評方法來分析文學作品是不够的。同時亦避免囫圇吞棗，由於某些批評方法的可行性其實具有「選擇性」，唯有選擇適當的方法來分析作品才是明智之舉。

此書中某些錯誤之處，承蒙黃師永武賜正，此書得以順利殺青，三民書局主編林文欽兄應居首功，在此一併立正致謝。

分析文學　目次

第二輯

第一輯

李白浩歌待明月

月亮是地球的衞星，其表面凸凹不平，明暗不一，月亮環繞地球而轉動，同時亦隨著地球繞日而運行。它本身並無光輝，經太陽照射之始有光輝。因爲月亮高掛在天空，距離生活在地球的人類極其遙遠，人類無法澈底了解這個神秘的星球，尤其在上古時代，初民對它更是一無所知，所以產生許多有關月亮的神話與傳說，顯示出初民對月球的認識。這是所有文化程度極低的上古人類和現今的土著共有的現象。

新西蘭土著毛芮人認爲「月亮是一切婦女的永久丈夫或眞丈夫」，因爲毛芮人視月亮乃一切小孩子的父親❶。而域多利（Victoria）的土人則以爲月亮原是黑人，經過一次野蠻戰爭，月亮被驚的老婆們以石斧斫死，遂升到天空變成會發光的月亮❷。南非美洲的波哥大的墨司客族（Muyscas）卻說月亮本來是太陽的兒媳，因它甚不守規矩，故被丈夫流放到天上當月亮，在未被放逐時，它原是生活在地上的一個女人❸。這些外國月亮神話，有一個共同的特徵，那就是皆把月亮當作人看待，它擁有感情，有喜怒哀樂。神話可以說是衆人的夢，是激發並且支配著人類的心理力量。換句話說，神話或傳說非但充份表達了一個民族隱藏在深處的願望和理想，而且它本身亦在某種程度上滿足了這一願望和理想。在世俗中，人們的許多願望與理想也許永遠不能得到滿足，然而經由幻想與夢，這些願望與理想就可間接地獲致滿足與導引。月亮神話之產生，便是根基於此。

中國古代當然不乏有關月亮的神話。任昉「述異記」記載月亮的來源：

昔盤古氏之死也，頭爲四岳，目爲日月，脂膏爲江海……

而根據一些古籍記載，可知曉月神的名字及其行爲。「離騷」云：「前望舒先驅兮」，王逸注：「望舒，月御也」，「廣雅・釋天」亦說：「月御謂之望舒」，這些資料顯示月神也與日神羲和一樣，駕著由一種祥瑞而神奇的動物所拖拉的車，夜夜巡行天空。而最爲人熟知的月亮神話，應爲嫦娥奔月、月兔搗藥及吳剛伐桂。

先談家喻戶曉的嫦娥奔月神話。「淮南子・覽冥篇」：

羿請不死之藥於西王母，姮娥竊以奔月。（佑按：姮娥即是嫦娥）

漢朝高誘對此段文字加以注解：

姮娥，羿妻。羿請不死之藥於西王母，未及服之。姮娥盜食之，得仙，奔入月中爲月精。

依高誘的說法，嫦娥奔月後並未化爲醜陋而又可憎的癩蝦蟆。可是根據「初學記」引「淮南子」正文，於「竊以奔月」之下尚有十二個字：「託身於月，是爲蟾蜍，而爲月精。」足證嫦娥奔月變成奇怪的生物——蟾蜍，此說由來甚古。又「繹史」卷十三引張衡靈憲[4]，以及「後漢書，天文志」梁劉昭註[5]，亦主此說。這種說法充分顯露嫦娥的悲哀。古代詩人敍述嫦娥，往往表達她的悲劇性，例如李義山的「嫦娥」：

嫦娥應悔偷靈藥，碧海青天夜夜心。

又如李白「把酒問月」：

白兔搗藥秋夏春，嫦娥孤栖與誰憐。

其次談月兔搗藥神話。「楚辭・天問」：

夜光何德，死則又育？厥利維何。而顧菟在腹？

王逸注云：「夜光，月也。言月中有菟，何所貪利，居月之腹而顧望乎？菟一作兔。」這個月中有兔的神話到了晉代，遂演變成月兔擣藥，晉人傅玄「擬天問」卽云：

月中何有？白兔擣藥。

李白「飛龍引」則說：

載玉女。過紫皇，紫皇乃賜白兔所擣之藥方。

顯然李白不但接受擣藥之說，且更進一層指出藥方之來源，使這個神話內容愈來愈趨豐繁。

至於吳剛伐桂的傳說起源於晉人虞喜的「完天論」：

俗傳月中仙人桂樹，今視其初生，見仙人之足，漸已成形，桂樹後生焉。

逮到唐代，由於方術道士極爲盛行，往往將其學說注入月亮神話之天地中，以便促使更多的人信服，因此吳剛伐桂的傳說至此遂更加豐繁。唐人段成式「酉陽雜俎」對此有更完整之敍說：

舊言月中有桂，有蟾蜍。故異書言：月桂高五百丈，下有一人，常斫之，樹創隨合。人姓吳名剛，西河人，學仙有過，謫令伐樹。

這個傳說頗似西洋神話中息息法斯推石上山的故事，深含永遠無法卸除的悲苦意義。同時，桂樹的「樹創隨合」的現象，也隱喻著月亮本身的不死與再生❻。

以上之所以不厭其煩地縷述月亮神話，其用意乃是爲了便於解說李白與月亮之間的關係。在「李太白全集」中，以月爲中心思想的作品委實俯拾皆是，即使不以月爲主題但作品中提及月亮意象者，亦不勝枚舉。這一類作品充分證明大詩人李白是個標準的「月狂」（moonstruck）。宋人米芾有「拜石狂」，而李白簡直可謂有「拜月狂」，他的詩與月攸關者，諸如「古朗月行」、

「把酒問天」、「飛龍引」、「靜夜思」、「月下獨酌」、「秋浦歌十七首——其五」、「桂席江上待月有懷」、「金陵城西樓月下吟」、「峨眉山夜歌」、「望月有懷」、「月夜金陵懷古」、「玉階怨」、「春日獨酌之二」、「送蔡山人」、「春日醉起言志」、「登太白峰」等等，均是極桂的例子。前人謠傳李白醉酒捉月，蹈水而亡，雖然是美麗而浪漫的傳言，不足採信，但此說多少能證明前人亦認爲李白與月亮形象擁有不可分之關係。李白死後，後代詩人紛紛寫詩悼祭懷念他，其中有些詩便透露出這種觀點：李白與月亮具有密切關聯。譬如宗臣「過采石懷李白」：

醉來江底抱明月，驚落天心萬片秋。——其四
夜深吹笛江亭上，明月窺人恐是君。——其七

又如鄭谷的「讀李白集」：

何事文星與酒星，一時鍾在李先生。
高吟大醉三千首，留著人間伴月明。

月亮意象在李白心目中的確相當重要，它包含多重深意，大體而言，可分為四種意義：神話的特性、思鄉懷人、知己、美好的象徵。在以李白的詩印證上述四種深旨之前，不妨先對其生平、思想與個性作簡介，以利於解說。

李白所處之世，正好是道教盛行的玄宗時代，在這種環境薰陶之下，他自然迷於求化學道。道家神仙思想屢見於其詩中，乃是理所當然耳。被喻為天上謫仙的李白，個性豪放不羈，對人世充滿了熱情和關懷。雖然虔誠地求仙學道，卻仍忘不了人間，這就是他的矛盾之處。有意用世，熱烈擁抱人世，然而所得到的卻是一盆冷水，這便是他的痛苦之處。因而在遊仙與追求現實名利的掙扎之際，李白心中遂產生無限的寂寞和苦楚，這種悲苦貫穿他的一生。而解脫之道，唯有飲酒尋樂。然而酒醒時，寂寞和悲愁仍然充塞於心中，職是之故，李白眞可以說是一個悲劇性人物。而從李白有關月亮的作品的分析中，亦能發現這項事實。

他在充滿月亮神話的「古朗月行」一詩中，卽假藉神話來發抒其內心的感嘆。

小時不識月，呼作白玉盤。
又疑瑤臺鏡，飛在白雲端。
仙人垂兩足，桂樹何團團。
白兎擣藥成，問言與誰餐。

蟾蜍蝕圓影，大明夜已殘。
羿昔落九烏，天人清且安。
陰精此淪惑，去去不足觀。
憂來其如何，悽愴摧心肝。

詩中遣用「吳剛伐桂」、「月兔擣藥」、「羿射九日」等神話，在李白眼中，這些神話莫不沾染悲苦哀傷的色彩，而這色彩正亦染在李白生命中。「把酒問月」中的兩句：「白兔擣藥秋復春，嫦娥孤棲與誰憐」，亦以月兔永恒不斷的擣藥行為及嫦娥孤寂地生活在月宮中，來暗示自己生命的矛盾與孤寂。再如「擬古十二首」所云：

月兔空擣藥，扶桑已成薪——其九

這兩句亦是以神話來比喻人生之荒謬。接下來談月亮在李白心目中的第二種意旨。李白在二十歲到二十五歲之間，曾經漫遊四川各地。三十二歲後，便以安陸為中心，遨遊各地。南到江、湘、洞庭，北至洛陽、太原，東抵山東兗州，足跡幾乎踏遍半個中國。他自從天寶三年離開長安後，一直到天寶十四年為止，共用了十載的歲月遍遊汴州、兗州、越中、姑蘇、金陵、華州、薊門等地。離鄉背井，南來北往，每每見到月亮，總會勾起鄉愁與懷念故人之情。他的眾所周知的名篇「靜夜思」便是覩月思鄉之作：

牀前明月光，疑是地上霜。
舉頭望明月，低頭思故鄉。

見月懷鄉之作復有不少，下列是順手拈來的例證：

遷客此時徒極目，長洲孤月向誰明？
——「鸚鵡洲」

天借一明月，飛來碧雲端。
故鄉不可見，腸斷正西看。
——「遊秋浦白笴陂」其二

夢遶邊城月，心飛故國樓。

思歸若汾水，無日不悠悠。
——「太原早秋」

由圓月聯想到家人之團圓美滿，乃是古來中國人的習慣思想。而從異地之月亮想到故鄉之月，也是中國人自古以來卽有的傳統念頭。基於上述兩種想法，覩月思家懷鄉無非是自然而然之事，經常流浪在外的李白亦不能例外。另外有一種現象卽是因觀看月亮而不禁思念及故人，亦屬常見之事。以下卽是李白見月懷人的幾個詩例：

楊花落盡子規啼，聞道龍標過五溪。
我寄愁心與明月，隨風直到夜郎西。
——「聞王昌齡左遷龍標遙有此寄」

峨眉山月半輪秋，影入平羌江水流。
夜發清溪向三峽，思君不見下渝州。
——「峨眉山月歌」

清泉映疏松，不知幾千古？
寒月搖清波，流光入窗戶。
對此空長吟，思君意何深。
無因見安道，興盡愁人心。
——「望月有懷」

若到天涯思故人，浣紗石上窺明月。
——「送祝八之江東、賦得浣紗石」

誠如杜甫「夢李白二首——其二」一詩所言：「冠蓋滿京華，斯人獨顦顇」，狂放不拘的李白，在實際生活中是十分失意的，也是非常痛苦的，雖然他因而把理想寄託在求仙訪道，以追求美好之境；可是這種慕求神仙世界的行爲其實不過是「將不可求之事求之」，其內心痛苦與寂寞、淒涼可想而知。在這種孤寂、幽憤的心情下，李白除了借酒消愁之外，他渴望有一位知己能聽他訴苦，以便發洩他心中無限的煩悶。然而凡塵中並沒有知音，所以他只有在自然界中尋找一個物象爲傾訴的對象。從下面臚列的詩例中，可輕而易舉的發現李白心中的良好伴侶：

萬物皆有託，吾生獨無依。
對此石上月，長醉歌芳菲。
——「春日獨酌」之一

琴彈松裏風，盃勸天上月。
風月長相知，世人何倏忽。
——「擬古十二」其十

花間一壺酒，獨酌無相親。
舉杯邀明月，對影成三人。
——「月下獨酌」其一

李白寄情於明月，視明月爲良伴，邀月共飲，希望能解除塵世的苦惱，忘卻人間的哀怨。他把明月「擬人化」，這項技巧是李白最拿手的。「李白作品分析」一文說得好：

最有生命的卻是詩人筆下的月亮，它可以跟著人走動：「山月隨人歸」；詩人可以和他傾心而談：「青天有月來幾時？我今停杯一問之」；在「月下獨酌」其一中，月亮陪詩人飲酒，聽他高歌，看他狂舞，充滿了豐富的情感。⑦

詩人李白既然要視月爲伴侶，故必須藉賴「擬人」的手法，很主觀地使月與人融爲一體。古詩中常以團扇擬月，如班倢伃「怨歌行」：「裁成合歡扇，團團似明月」，梁人朱超「舟中望月」：「若教長似扇，堪拂艷歌塵」，更有甚者，直接以月代扇，如白居易「白羽扇」：「引秋生手裏，藏月入懷中」。但是將月擬人，賦予月以生命，使月充滿生氣，這是李白大膽與傑出之處。前面提及，外國的月亮神話皆把月當作人，因此李白視月亮爲知心伴侶，適與月亮神話有相同之處。

月亮因具有高潔、清輝之性質，故月亮在李白眼裏成爲可以傾訴憂愁的知音。但有時李白與月亮並沒有維持朋友的關係，李白把它視若美好、不俗的事物的象徵，看成一種理想之境。這理想高高在上，李白心嚮往之，對它產生追逐的心理。余思牧的「唐詩傑作論析」對此亦有類似的看法：

李白這個卓然不羣的大詩人，既然對唐代的現實感到不滿，認爲當時的社會是塵世，接近他的達官貴人是庸俗的，便不免時時有出俗的幻想。他認爲塵世以外的月亮，纔是一種皎潔的、不凡的象徵，纔是他理想的寄託。所以他詩中提到月亮的地方也特別多。⑧

視月爲美好象徵的詩並不在少數，茲任意舉數例以爲佐證：

且須飲美酒，乘月醉高臺。

——「月下獨酌」第四首

人生得意須盡歡，莫使金樽空對月。

——「將進酒」

投金瀨沚，報德稱美。
明明千秋，如月在水。

——「溧陽瀨水貞義女碑銘」

我有萬古宅，嵩陽玉女峰。
長留一片月，挂在東溪松。
——「送楊山人歸嵩山」

故山有松月，遲爾翫清暉。
——「送蔡山人」

對此皎潔之明月，對此理想的化身，李白期待之並且追逐之。李白之所以有此心態，細究之，乃是由於他生存在醜惡的唐代社會中，既不滿世態，復不得志，滿腹苦楚，極需尋求一片淨土來寄託，因而企圖逃向幻想的樂園，以便解決塵世間之種種苦惱。這種心態即表露在下列詩中：

處世若大夢，胡爲勞其生。
所以終日醉，頹然臥前楹。
……
浩歌待明月，曲盡已忘情。

——「春日醉起言志」

俱懷逸興壯思飛，欲上青天攬明月。

——「宣州謝眺樓餞別校書叔雲」

願乘冷風去，直出浮雲間。

舉手可近月，前行若無山

——「登太白峰」

然而這項期待，追求理想（月亮）的結果，其實是絕對的失望。月亮固然是清明之境，但豈是凡人所能追求得著？李白自己也深深明瞭：「人攀明月不可得」（把酒問天）。既然如此，其荒謬則不言而喻。此種永遠無法達成的追求行動之悲劇性遂凸顯出來。天上的「謫仙」不能上青天求得明月，故「謫仙」一詞對李白而言，即已具有諷嘲意味。

李白便是沉緬於這種幻想之中，明知其不可爲卻偏偏要去從事，結果當然是落空、失意。總言之，他的一生便處于這種矛盾、荒唐的掙扎之中，宛如吳剛伐桂一樣，明知「樹創隨合」，卻又不能不斫伐之。李白心中的寂寞和痛苦之巨可想而知。他也像奔月的嫦娥那般，被幽禁在冷涼的月宮中，嚐受無邊的寂寞和痛楚。

【附註】

❶ 見羅素著「婚姻與道德」第四章，此書由蕭瑞松中譯。

❷❸ 見燕冰著「中國神話雜論」（民俗叢書九一）一書「自然界的神話」一章。

❹ 繹史卷十三引張衡靈憲：「嫦娥，羿妻也，竊西母不死之藥服之，奔月將往，枚筮於有黃，有黃占之，曰：『吉。翩翩歸妹，獨將西行，毋驚毋恐，後且大昌。』嫦娥遂託身於月，是爲蟾蜍。」

❺ 「後漢書．天文志」梁劉昭註：「羿請無死之藥於西王母，姮娥竊之以奔月。將往，枚筮之於有黃，有黃筮之曰：『吉。翩翩歸妹，獨將西行；逢天晦芒，毋驚毋恐，後其大昌。』姮娥遂托身於月，是爲蟾蜍。」

❻ 見王孝廉「中國的神話與傳說」（聯經出版社）頁三十八至三十九。

❼ 見「李白杜甫」（河洛圖書出版社）頁四十一。

❽ 見余思牧「唐詩傑作論析」（河洛）一書頁七十八。

杜甫與雁

與燕子一樣同屬於候鳥的雁，在古代騷人墨客眼裏，是一種具有象徵意義的飛禽。從古代文學作品中，即可以發現這種事實，譬如魏·曹植的「繳鴈賦」、周·庾信「秋夜望單飛鴈」、陳後主「夜亭度鴈賦」、唐·韋應物「聞雁」、唐·崔塗「孤雁」、宋·徐鉉「侍宴賦得歸雁」、元·楊載「沙雁」等例證，俯拾皆是。杜甫亦常借雁本身所含的象徵意義來表露心中的感觸，他留下數首與雁密切相關的近體詩，顯示出雁的形象在杜甫心中的重要性。在談杜甫與雁之間的關係之前，宜先對雁有詳細的認識。

動物學文獻顯示，雁體形似鵝，茶褐色，腹部白而嘴扁平，頸和翼皆很長，腳則短小且呈黃色，分佈區域極廣，在亞、歐、美三大洲，都可見到它的蹤跡。雁秋冬季避寒於南方，春夏季則飛回北方繁殖。飛行時或單行橫空，如寫一個「一」字，或雙行相交成「人」字形，謂之雁行。雁之大者爲鴻，小者稱雁。自古鴻與雁即已連稱，如「禮記·月令」篇：「八月鴻雁來，九月鴻雁來賓」，「鴻雁」一詞卽包含了大小兩種雁。雁的另一種寫法爲「鴈」。

遠在先秦時代，雁和人類卽產生密切的關係。在先秦中國人的禮節上，雁乃是一種極重要的物件。「禮記・曲禮篇」曰：

> 凡摯，天子鬯，諸侯圭，卿羔，大夫雁，士雉，庶人之摯匹。

相見時所使用的禮品因階級而異，大夫以雁爲物件。除此之外，雁在男女婚嫁上亦頗具價值，「儀禮・士昏禮篇」記載：

> 昏禮下達納采，用雁。

「禮記・昏禮篇」則更進一步地說男子聘妻，必須到丈人家獻鴈：

> 父親醮子，而命之迎，男先於女也。子承命以迎，主人筵几於廟，而拜迎于門外。壻執鴈入，揖讓升堂，再拜奠鴈，蓋親受之於父母也。

鴈之所以在古人心目中有這樣高的地位，細究之，實由於鴈具有人道。從字源學上，亦可了解古人卽將雁與人聯想在一起的，許愼「說文解字」曰：

　　雁雁鳥也，从佳从人，厂聲。

清代文字學家段玉裁曾就此加以發揮：

　　雁有人道，人以爲摯，故从人。

如上所述，雁在先秦時代是一種禮物。但經過長期的演變，雁逐漸喪失原有的功能，而具備另一些功能。換言之，日常生活禮節上的功用逐漸消亡，而文學上的象徵功用卻日漸凸顯。以下擬就雁在文學中的象徵意義作簡略的說明。

自從「漢書・蘇武傳」記載雁足繫帛還蘇武的這段傳說以後，後人每借雁以稱呼傳送書信者，例如杜光庭「紀道德賦」：「雁足淒涼兮傳恨緒」、王僧孺「詠擣衣詩」：「尺素在魚腸，寸心憑雁足」、柳貫的詩：「江驛北來無雁帛」、曹嘉「聞雁」：「帛染傳書淚」等，都運用雁足傳書的典故，將雁視爲送信者，甚至直接以雁當作書信的代名詞，眾所周知的成語「雁杳魚沉」，卽是以雁爲書信的代稱。離鄉背井的古代文人，在秋冬時節見到鴻雁，總是盼望鴻雁能爲他們傳送音訊給遠方的親朋故舊。事實上，雁並不能捎來音訊或將書信帶去，因此他們的盼望總是落空，而鄉愁或思念之情只有加劇了。職是之故，在後代文學作品中，雁始終染了悲傷的色彩。

雁在北方生育子女，北方卽是雁的故鄉。秋冬時，雁爲酷寒所迫，不得不舉家向南遷移，杜甫「歸雁」詩云：「欲雪違胡地」，卽指這件事實而言。雁到南方避寒，猶如旅人在異地流浪。每逢春夏季，它們又匆匆離開南方，飛回北地的故鄉去，杜甫「歸雁」詩云：「先花別楚雲」，卽言此事。因此飄泊不定的雁，對羈旅在外的文人而言，無疑是一種流浪的象徵。他們見到飛雁南遷，總是聯想起自身，不禁悲從中來。再加上雁南飛時正值秋冬季，滿目蕭條寥落的景色，更是令人觸景傷情了。

而最令旅人感到難過的便是雁的叫聲和失羣的現象了。誠如李士允的長詩「聞雁」開頭四句所言：「秋思人間正紛紛，秋聲天外忽驚聞，情類斷猿悲落月，響如離鶴怨愁雲」，雁與斷猿離鶴的叫聲相似。雁遠飛高空，偶爾發出嘹唳的叫聲，經過大氣的激盪，空間的共鳴，越過層層雲霞，化作旣悠遠，而又淒厲的音調，傳送到旅人的耳中，的確令人傷感。古代文學作品頗多描狀雁唳者，例如唐・徐夤「鴻」：「一聲歸唳楚天風」、元・黃庚「孤雁」：「長空獨嘹唳」、明・宗臣「聞雁」：「湖南有新雁，作意送悲音」等，杜甫的五律「歸雁」亦言「雲裏相呼疾」。秋天的旅人已多思多愁，聞到雁如此淒厲的哀鳴，更是感嘆萬千了。

雁的配偶習性係一夫一妻制，夫妻經常雙出雙入，形影相隨，但是其夫或妻不幸爲獵人所擒，或者由于某種事故而告落單，那麼失偶的孤雁便宛如寡女或鰥夫，其淒涼哀怨，單調孤寂，最易令多愁善感之文人，激起無限的同情悲憫。尤其對于羈旅異地的文人而言，獨自飄泊的孤雁的形象及其哀鳴，常使他們感慨自己的身世，並引發鄉思及懷念親人之情。

職是之故，秋雁在文學作品中卽成爲流浪和鄉愁的象徵。而孤雁的象徵意義則更深一層，它可以說是孤獨的旅人的化身。這些象徵，在「詩經」時代尚未成型，直到「楚辭」才眞正成型。其後文學作品裏，雁便習以爲常地沾染了上述的象徵意義了。

了解雁的普遍象徵意義，再來看杜工部詠雁之作，就能準確地掌握這位大詩人的情懷。

杜工部留下數首詠雁的近體詩，其中有絕句也有律詩，都相當沉痛感人。絕句如「官池春雁」二首、「歸雁」等，律詩如三首「歸雁」、一首「孤雁」等。這些詩篇的創作年代，據近人考證結果，皆成于代宗大曆元年之後。大曆元年（七六六），杜甫已是五十五歲的垂老詩人。杜甫死于大曆五年，時年五十九歲。因此這些詩作可以說是他晚年的產物。

杜甫的一生眞是艱苦困頓，飽嘗漂泊流浪的滋味。尤其到了晚年，這種悲苦色彩更是濃厚。他自大曆元年漂泊至夔州（今四川省奉節縣）後，又數度遷徙，公安、岳陽、潭州（長沙）、耒陽縣等地都有年老杜甫的足跡。他不但遷徙流離，而且百病纏身。肺病、瘧疾、頭風、風痹等病症一直纏繞這位可憐的詩人，從「緩步仍須竹杖扶」（寒雨朝行視園樹）及「牙齒半落左耳聾」

（復陰）句中，足可看出半殘廢的杜甫晚年的形象。杜甫以多病之身，獨自在外流浪，妻子兄弟均與他乖隔，而親友對他皆採取冷淡的態度，他心中的寂寞和淒涼可謂達到極點。職是之故，在戰亂中流亡的衰老詩人眼中，孤雁的形象頗能獲得他的同情，杜甫甚至對孤雁認同，孤雁簡直就是他的化身。雁在杜詩中，象徵流浪、孤寂、鄉愁的意味便更濃郁了。

以下只舉杜甫詠雁詩之一：「孤雁」，來加以解說，印證上述的說法。

孤雁不飲啄，飛鳴聲念羣。
誰憐一片影，相失萬重雲。
望盡似猶見，哀多如更聞。
野鴉無意緒，鳴噪自紛紛。

這首詩據浦起龍考證結果，爲大曆元年至二年間的作品。而仇兆鰲則認爲是大曆初之作。兩人說法頗近。大抵而言，此詩乃是杜甫五十五、六歲時所作，這時杜甫隻身在夔州，種植蔬菜、水果爲生，兄弟、兒女、妻子俱不在身旁，復百病纏身，其淒涼痛苦不言可喻。杜甫于此詩中，即是藉具有深層象徵意義的「孤雁」自比，十分貼切感人。飲和啄皆爲雁的生活本能，可是詩人一開始便指出孤雁既不飲又不啄，至於原因安在？反而至次句才點出。原來是失羣之故，孤雁才不思飲食，其內心之苦楚可想而知。第二聯乃是非常傑出的流水對，詩人爲孤雁設想，究竟有誰能憐憫相失萬重雲的孤雁呢？人海茫茫，失羣孤雁的寂寞正與杜甫心境類同，但是誰能了解我杜甫呢？爲孤雁設想，其實是替自己叫屈。第三聯則進一步將孤雁的掙扎全盤托出，愈顯出孤雁之悲苦。雖然已望盡，卻彷彿猶見它的同伴而向前追逐，同時好像聽聞到同伴的鳴叫而呼之。把「念羣」的渴望和幻想表達得淋漓盡致。我們宛如看到一隻鍥而不舍的孤雁，不止息地在空中爲了一個幻影或幻覺而追逐，似乎非至死不肯罷休。在如此痛苦的尋找同伴的過程中，詩人特別使用一個強烈的對比。舉「野鴉」來與「孤雁」對比。秋天的孤雁的哀鳴與煩人的野鴉的鳴噪並置，形成一種諷刺、一種調侃，暗示知己凋零，親人離散，無人能了解四處流亡的詩人晚境的寂寥。末聯令人想起杜甫「官池春雁」：「至今鸂鶒亂爲羣」，意旨與此雷同。在此詩中，孤雁具有詩人之情，而詩人亦具有孤雁之情，換言之，詩人借孤雁言志抒情，藉微物表深意，已臻及「物我雙寫」的高境。金聖嘆批此詩曰：「此先生自寫照也」，的確，孤雁的悲苦形像無一不與孤獨多病的老杜甫相同，杜甫有感於此，以孤雁喻自己，委婉訴出他內心的傷痛與懷念親人之深情。歷來藉孤雁與旅人共同之情境，來達到「物我雙寫」的詩實在不少，但能與杜甫此詩並駕齊驅者便不多。如今我們讀此詩，實在爲杜甫高超的藝術技巧喜，亦爲其慘痛之人生經驗悲。

散髮行歌自采薇

中國自古即是注重禮儀之邦，一事一物皆須合乎禮節，進退應對不可違反禮度，服裝儀容亦要求符合身份。光是頭部的裝飾與髮型，便依年齡、情況、身份、性別等的不同，而有極細的區分。只要翻開「儀禮」一書，詳閱其「首服」之規定，必會對古人嚴密的禮法讚服不止。如果古禮流傳至今而未衰，相信現代人對于頭髮的處置一事，勢必大傷腦筋。古人的髮型因生死、吉凶、男女、長幼而有別，例如髻髮唯用於凶，而髻適用於喪葬。小兒必須垂髮結辮，此稱作髻；成童則結髮爲飾。從這些現象，可以管窺古人對髮的重視之一斑。段玉裁所選用的「說文解字」云：

髮頭上毛也

但是有些本子在「髮」字下則只作「根也」兩字。這兩種不同的解說，清代小學家曾因之爭論不休。這裡無意裁斷孰是孰非，但由「根也」一說的存在，當可知道古人不乏視髮爲根本者，實不容忽略。

文明之國重視禮儀，對頭髮的整理十分看重，亦頗講究。相反的，未有文明之夷狄野人，則披頭散髮，毫無禮法之可言。只要比較文明與未文明國度之人民的髮型，便能輕易發現整潔的髮型的象徵意義——禮。換言之，有禮無禮，從髮即可分辨出來。

古人加在髮上之物，種類繁多，最爲人所知的有冠、簪、笄等。而這些物件也與髮一樣，皆爲禮節的表徵。例如簪纓一詞，常有象徵官爵之意。因此，脫帽、拔簪之後所呈現的披頭散髮，一副夷狄蠻人的模樣，到底具有何種象徵意義呢？就不難推知。它當然是代表「非禮」，或者「罷官」的意思。

散髮可說是野蠻人的特徵之一。「禮記・王制」云：「東方曰夷，被髮文身，有不火食者矣。」又說：「西方曰戎，被髮衣皮，有不粒食者矣。」「論語・憲問」篇中孔子曾慨嘆：「微管仲，吾其被髮左衽矣。」被髮亦即散髮之意，足證古人亦以散髮形容野人。然而散髮者並非唯獨蠻境內始有。中國古代文人，雖受文明寖染，卻不乏散髮之士。這種摒棄禮節的散髮的形態，幾乎無代無之。「全唐詩話」記載秦系的故事，說他無意當官，曾作詩表明心志：「由來那敢議輕肥，散髮行歌自采薇」。再往前推，「南史・虞玩之傳」記述虞氏的生平：

> 玩之東歸，王儉不出送，朝廷無祖餞者，中丞劉休與親知書曰：虞公散髮海隅，同古人之美，東都之送，殊不藹藹。

「後漢書・袁閎傳」也透露出袁閎的節操：

> 延熹末，黨事將作，閎遂散髮絕世，欲投迹深林。

三閭大夫屈原被放逐後，也呈露出散髮或被髮的形像，「史記・屈原傳」即指其：「被髮行吟澤畔」，「楚辭」亦描繪屈原道：「髮披披以鬤鬤兮」（「楚辭・九歎・思古」），披乃是分散之意，故披髮與散髮同意。再往前看，「莊子」一書「漁父」篇中也出現一個散髮者：

> 弟子讀書，孔子絃歌鼓琴，奏曲未半，有漁父者，下船而來，須眉交白，被髮揄袂，行原以上。

這位散髮的漁父，孔子非常尊重，以其爲聖人也。而年代更早的散髮者，名氣較著的，應該是箕子了。商紂無道，箕子勸諫不聽，只好「被髮佯狂而爲奴」（「史記・宋世家」）。這個典故被後代文人再三使用，業已爲眾人所熟悉，而箕子散髮的形像亦因此而成爲散髮的原型。

以上所列的例子，只是順手拈來。實則古代文人甘於散髮者不勝枚舉。但從上述諸例中，即已可歸納出一項特色，那便是散髮者均摒除功名、塵世，具有隱逸的思想。職是之故，散髮可說是象徵著隱逸。這是散髮的象徵意義之一。隱士的散髮固然與野人雷同，但是兩者之心態則截然不同。一樣是不拘禮節，摒棄文明，但隱士散髮所含的意義則是高遠的，實不可視與野人等同。

嚴格而言，「中文大辭典」及「辭海」對「散髮」或「被髮」的闡解，並未周延。這兩種辭典僅只注解出「散髮」或「被髮」的重要象徵意義——解冠隱居。其實散髮亦是閒適的象徵，這是「散髮」的第二種含意。隱居固然是看破紅塵，隱居山林，擁有閒適之心境，但閒適之心並非唯獨隱士才有之，這卽是隱逸與閒適的區別處。李白的「人生在世不稱意，明朝散髮弄扁舟」（宣州謝眺樓餞別校書叔雲），或者如他的古詩所云：「何如鴟夷子，散髮棹扁舟」（古詩十八之一），或如張華的「散髮重陰下，抱杖臨清渠」（答何劭）等，其中的「散髮」便象徵遺世隱逸。而白居易的「清風散髮臥，兼不要紗巾」（閒臥），此「散髮」乃是象徵洒脫不覊的閒適之情，而非隱逸。

說明過散髮的第二種象徵意義後，接著再探討散髮的第三種象徵意旨。最佳的例子出現在「世說新語」中，此書「任誕」篇云：

阮步兵喪母，裴令公往弔之。阮方醉，散髮坐牀，箕踞不哭。……

這樁事「太平御覽」卷四八七亦嘗敍及：

阮籍居喪骨立，幾致滅性。裴楷往弔之，籍散髮箕踞，醉而直視。

這裡的「散髮」既不象徵隱逸，抑且沒有閒適的含意，顯而易見，它象徵荒放狂誕。必須釐清以免誤會的是：沐頭時的散髮並無上述任何一種含意。「莊子・田子方」云：「老聃新沐，方將被髮而乾，慹然似非人。」又「世說新語・簡傲」記載王恬：「乃沐頭散髮而出……」，其中的「散髮」乃是洗頭髮時的必然現象，毫不具有特別的意旨。

而上面三種散髮的含意中，被使用得最普遍最繁多的，首推「隱逸」。因此，「散髮」一詞出現在文學作品裡，最易引人聯想及「不求聞達，隱居山林」。「散髮」亦自然而然地成爲隱士外形的主要特徵。隱士之所以散亂自己的頭髮，乃是由于厭惡繁文縟節的仕宦生涯，喜愛純樸的大自然，遂模仿野人之態，與「禮儀」對立。當然隱士的心態遠非野人所能比。

隱士乃是君主時代的產物。中國文化的本質是尙謙讓、行中庸、薄名利、鄙財富，這些本質再加上抗拒君王的嚴厲統治之志，遂產生了被髮入山的隱士。所以隱士的含義是清高孤介、知命達理。其人生觀雖不積極，卻是樂觀的。因此解除冠帽，抽簪散髮的隱士，往往令人敬佩，也令人同情。宋人朱子的「月夜述懷」末二聯：

高梧滴露鳴，散髮天風寒。
抗志絶塵氛，何不棲空山。

吟讀之際，一副不沾文明氣息，不求聞達的隱士散髮形像，歷歷在目，委實令人肅然起敬。再如陸放翁「遣興」結尾：

不須更問歸何許，散髮飄然萬里風。

陸氏以散髮喻隱逸之志，寫出高風亮節的隱士的完美典型。這個「散髮」的意象，向爲人所忽略，殊不知脫帽抽簪之後的「散髮」形像，蘊藏極深厚的中國文化背景。從這個形像，可以看到箕子的影子，屈原的影子，以及無數清高自許、樂天達觀的古代隱士的影子，亦可以推想「散髮」的由來及其深遠的象徵意義。

婦女與植物的關係

在中國上古史中，母系社會先於父系社會，這項定論有足够的證據支持，李宗侗先生著「中國古代社會史」第三章卽詳言之❶。所謂母系社會，簡單地說，係指圖騰（Totem）的繼承，甚至產業的繼承，均由母以傳子女，再由女以傳她的子女；只有同母所生的歷代團員才屬於一個圖騰團。母系時代，乃是以母爲中心，其地位相當高超，「民知有母而不知有父」爲那時代的特色。從中國人「姓」的起源，亦可知上古時母姓地位的崇高，「姓」字從「女」，姜、姞、姬、姚、嬀、妘、嬴、姒等姓，旁皆從女。母系時代可謂是女性最得意最神氣的日子。可惜好景不常，後來母系衰微，代之而起的是與其相反的父系社會。

父系社會是指圖騰與產業的繼承，皆由父以傳子女，子再傳他的子女，唯有出自同父的歷代團員方隸屬一個圖騰團。父系時代無非是以父爲中心。這個時代究竟起於何時？實在是一個聚訟的問題。蔡獻榮先生認爲「夏禹時代，母系氏族的組織還是普遍存在。」❷許多學者都主此說。

近年來大汶口文物出土，考古學家對之加以鑽研的結果，確定大汶口時代（約在四千年前，即夏朝以前）乃是以男性為中心的時代，因為隨葬品顯示了男性已在經濟活動中占著主導的地位，而婦女則退居次要的位置。在男女成人合葬的墓裏，男子居於墓的正中央，女人卻屈居旁側，隨葬品亦多置於男性一側，這種現象更證實了男主女從的社會次序。換句話說，女性地位的沒落，母權的喪失，母系社會的崩潰，最遲於四千年前業已開始。也就等於說，男權在四千年前已經抬頭。這一巨變，使中國婦女遭逢悲慘命運，歷四千年而仍無法翻身。

導致女子地位卑微的因素當然很多，最重要者，應該是由於牧畜與農業的進步。中國上古男女分工是「男獵女耕」，其後才演變為「男耕女織」的局面，嬗變的原因，蔡獻榮先生有很詳盡的解說：

因牧畜與農業的進步，尤其是農業，使人類的經濟生活及社會生活起了激烈的變化。而幼稚的女性耕植轉變為男子強力的農業經濟，是基於石斧棍棒的農業之向新的鍬鋤的農業的發展。鍬鋤的農業是男性的農業，以前農業剛被婦女發現的時候，植物的栽培與收穫，純是女性的事業，那時男性依然從事狩獵和撈漁，及至男性以健強的筋肉致力於農業生產，新的農業生產工具（鍬鋤）的發明，農業起了一次大大的變遷，而女性遂由中心的地位，漸漸降為奴隸的地位，男權也就於是時抬頭起來了。❸

農業的始祖雖然是婦女，後來因時代的需要，男子挾其體力上的優越條件，取代了婦女的地位，婦女只好退入厨房內室❹。這種現象加上周代宗法制度、聘娶制度的成立，使得婦女地位如江河日下。古代的女人，其命運委實悲涼多舛，夏商周如此，清代民初亦如此。懷才不遇的屈原常以見棄於男子的女人自喻，即是由于女卑的緣故。民初之所以興起「婦女運動」，亦是因爲女權低微的緣故。

古代婦女到底悽楚到何種程度？「論語．陽貨篇」：「惟女子與小人爲難養也。」連聖人對女子都持這種偏見，何況一般人呢！劉熙所著「釋名」卷三：「女，如也，……青徐州曰娪。娪，忤也。始生時人意不喜，忤忤然也。」從而可知，古人重男輕女的觀念實在根深蒂固。雖然周代流行聘娶制，卻不能阻止多妻制的橫行，其原因則是聘娶制根本承認婦女爲財產之一，否認婦女有繼承權，有獨立人格的。由于時代、環境使然，男人具有至高無上的權威，而女人只能任男人擺佈，絲毫不能反抗。男人既能擁有三妻四妾，尙可以隨意休妻。女人卻必須受「七出」的約束。所謂七出，「大戴禮記．本命篇」言：「不順父母，爲其逆德也；無子，爲其絕世也；淫，爲其亂族也；妒，爲其亂家也；有惡疾，爲其不可共粢盛也；口多言，爲其離親也；竊盜，爲其反義也。」男人動輒以上述理由出妻，使女子含寃莫白，造成悲劇。漢代民歌「上山采蘼蕪」所敍述的故事，即顯示了棄婦的卑微地位及古代男人的優越感、功利主義。不幸被休、被棄的女人只有忍氣吞聲的份。這只是順手拈來的一個例子，然而從這例子已足見古代女人命運之悲慘。簡單介紹過古代女人低微的地位，接下來談古代女人的工作，然後再將這兩樁事合併起來討論。

根據經濟學家的研究，人類在原始經濟時期的謀生方式，最主要的有下列三種：

1. 採集
2. 漁獵
3. 畜牧

所謂採集，顧名思義，卽是以雙手採摘植物的果實、葉、根、莖等來維持生活。這是婦女原始的工作。男人則從事漁獵、畜牧等業。等到農業生產發達後，強壯的男人便進而取代女人的農業地位。這時女人在農業生產上，由于能力弱，所以只好退居輔助的角色，其工作範圍是輕而易舉的採桑刈葛等諸如此類之事。「詩經・召南・采蘋」：

于以采蘋，南澗之濱，于以采藻，于彼行潦。

以及「邶風・谷風」：

采葑采菲，無以下體。

上述兩例，便皆記載婦女採集野生植物的情況。「助農桑」乃是「婦功」之一，這是婦女的職責所在，健壯的男人忙于稼穡，體力較差的女人則忙於採集植物，前者較繁重，後者較輕易，這樣的男女分工，乃是周秦時代的社會現象。前已言及，農業的始祖是婦女，農業發達、生產工具發明以後，婦女退而擔任採擷野生植物的角色，尚屬于「本行」，因此，可以說，婦女和植物是有密切關係的。

充分了解古代婦女的工作，對於古代文學作品中屢屢敍及的婦女採集植物的事便不會感到奇異。古代文學作品中經常出現婦女採擷野生植物的普徧現象，例如「周南卷耳」、「小雅采綠」、「周南關雎」、「唐風葛生」等，又如古詩「庭中有奇樹」、「涉江采芙蓉」及「陌上桑」、「秋胡戲妻」、「董嬌嬈」，甚至杜甫的「佳人」等，皆涉及婦人採野生植物之事。而從這些文學作品，亦可管窺婦女與植物息息相關之一斑。

由於古代婦女身分卑下，動輒得咎，被休、被遺棄的事，在古代是司空見慣的。雖然命運坎坷，但棄婦均謹守婦德，重視貞節，絕不逾越禮法，「從一而終」的觀念在古代婦女心中委實牢不可拔。因此，在不侍二夫的情況下，被棄的女子爲了生計，不得不想辦法。而在諸多謀生方式中，最簡易的不外乎採摘野生植物了。這是婦女的老本行。棄婦爲了養活自己及子女，只好到田野去採植物。當然，所採的植物一定是生活必需品。例如召南「草蟲」中的蕨和薇，可作食糧。王風「中谷有蓷」的「蓷」乃是藥物，「廣雅」指出蓷又稱益母，可做益母膏，用來調經血。鄭風「東門之墠」裡的茹藘也有通經的功能。「上山採蘼蕪」裡的「蘼蕪」可以食用，亦可燃燒取火。而採集桑葉、刈穫葛蔴的事，在文學作品中更是屢見不鮮，前者可育蠶繅絲，後者可漂洗紡績，進而製成布帛，以便縫製各式各樣的衣服。爲了製藥物、添食糧、製衣服等，婦人必須努力摘擷野生植物，否則生活頓成問題。

獨守空閨，自力更生的婦女，心中不可能沒有怨恨。有些女子其實並非犯了「七出」的規定，而是因丈夫移情別戀，或由于色衰愛弛，終告被棄。在這種無理的情形下被休的女子的埋怨自然更深更濃。事實上，靠採植物維生的婦女，其中有的並非被棄、被休，而是因爲丈夫從軍遠征或出外追求功名、出外經商，以致落得獨守空閨，窮得只好採野生植物度日。無論被棄與否，獨守空閨的婦女的心情則是一致的，皆是悲涼憂鬱、惆悵不甘的。這些婦女長年與植物爲伍，久而久之，卽產生一種對植物認同的心理。因爲植物性弱，而且易萎謝，如同體弱的女人年華易逝一樣，所以婦女往往視植物爲自己的象徵。「楚辭」中常以植物喻見棄於男人的美人。「庭中有奇樹」一詩亦以植物自比，見植物而自憐。王昌齡的「閨怨」，也寫出婦人目睹楊柳欣欣向榮而聯想到自己的青春。「冉冉孤竹生」一詩亦自比蕙蘭花，而顧影自憫。「襄陽樂」亦以柔弱的植物——女蘿比喻女子。這些例子，皆顯示一個共同的事實：植物乃是女子的化身。這類象徵、比喻的技巧已被廣泛地運用，足見在歷代文人眼中，植物與婦女乃是有其相關性的。而促成植物與婦女的親密關係的，除了由于植物和婦女質性相近以外，最主要的，還是因爲自古婦女卽與植物爲伍，賴植物來維持生活。似乎離開植物，棄婦便無法生存下去。植物與婦女之所以在文學作品中，關係密不可分，細究之，實在是基于這層深厚的文化基礎上的。

附註

❶：李宗侗先生在「中國古代社會史」第三章第四節說：「由母系社會變到父系社會的痕跡，由下列四件事，可以看出：⑴某一部落據舊的記載是母系，而現在實地調查是父系，這是記載的證據。⑵父系社會中，舅權在有些地方仍舊仍在。⑶婚姻由夫從妻居制變到妻從夫居制。⑷王位由女性變至男性的痕跡。」

❷：見蔡獻榮先生撰「中國多妻制度的起源」（載新社會科學季刊一卷二期）。

❸：同註❷。

❹：參見許倬雲先生「從周禮中推測遠古的婦女工作」（載大陸雜誌八卷七期）。

❺：原詩如下：

上山采蘼蕪，下山逢故夫，長跪問故夫：「新人復何如？」「新人雖言好，未若故人姝。顏色類相似，手爪不相如。新人從門入，故人從閤去。新人工織縑，故人工織素，織縑日一匹，織素五丈餘，將縑來比素，新人不如故。」

東丹王與陳思王

遼太祖耶律阿保機與淳欽皇后述律氏共生下三個兒子，長子卽是人皇王倍（漢名），次子爲耶律德光，少子爲李胡。人皇王的契丹名叫圖（一作突）欲，天顯元年（西元九二六年）二月，遼太祖領兵大敗渤海王大諲譔，更改濱海的渤海國爲東丹（東方的契丹），並且指令長子倍爲東丹王以便治理東丹區域。魏武帝曹操和卞氏生二子，長子爲曹丕，次子乃是在文學史上佔據崇高地位的曹植。曹植曾經被封爲陳王，死後追謚曰「思」，所以世稱陳思王。本文卽以東丹王和陳思王作爲討論的主要對象，而之所以將二者相提並論，無非是由於他們彼此之間擁有諸多近似相同之處。以下擬將觀察所得的這些近似、相同點依序臚列。

一、東丹王在世時，其弟德光當皇帝（太宗）統治契丹國，他們兩人皆爲同父母所生育。陳思王在世之際，其兄曹丕稱帝（文帝），二者亦是同父母所生的親兄弟。東丹王與陳思王均於親手足領導之下俯首稱臣，這是兩者雷同處之一。

二、根據遼史卷七十二列傳第二的記載，可以輕易知曉東丹王「幼聰敏好學」，及長，對於書、詩畫、醫等更是酷愛不止，列傳第二還說他：

> 初市書至萬卷，藏於醫巫閭絕頂之望海堂。通陰陽，知音律，精醫藥、砭焫之術。工遼、漢文章，嘗譯陰符經。善畫本國人物，如射騎、獵雪騎、千鹿圖，皆入宋秘府。

於此正可管窺他卓絕的才華之一斑。而魏志卷十九對陳思王則有如下的記載：

> 陳思王植，字子建，年十歲餘，誦讀詩論及辭賦數十萬言，善屬文。……自少至終，篇籍不離於手，……前後所著賦、頌、詩、銘、雜論凡百餘篇。

陳思王高超的才思文藻早已爲世所公認，這裏只引一條資料充作證實的憑藉，不再贅述。總的說，東丹王與陳思王自幼年濫觴，皆已偏好文學、藝術，及長亦然，文藝創作的才能亦出類拔萃。

三、東丹王與陳思王原本都很有希望榮登皇帝寶座，可息後來皆因某種緣故，喪失大好機運。起初遼太祖頗喜愛他的長子東丹王，因爲東丹王進退應對無一不符合他的心意。同時東丹王的直諫之言，遼太祖也樂於採納。東丹王最初之為其父器重，從列傳第二中可以得知一二：

> 時太祖問侍臣曰：「受命之君，當事天敬神。有大功德者，朕欲祀之，何先？」皆以佛對。太祖曰：「佛非中國教。」倍曰：「孔子大聖，萬世所尊，宜先。」太祖大悅，即建孔子廟，詔皇太子（卽東丹王）春秋釋奠。……太祖西征，留倍守京師，因陳取渤海計。天顯元年，從征渤海。拔扶餘城，上欲括戶口，倍諫曰：「今始得地而料民，民必不安。若乘破竹之勢，徑造忽汗城，克之必矣。」太祖從之。

好景不常，後來因東丹王與其弟德光相形之下，顯得文弱而無謀，遼太祖方捨棄立東丹王為帝的意念。當然，德光之能被選立，除了太祖念頭轉變的因素之外，部族一致擁戴德光也是一項主力因素，德光固然非等閒之輩，所以才能獲得契丹上下的推崇。姚從吾先生在「契丹君位繼承問題的分析」❶一文中指出：

> 契丹君位繼承，首繫於前王的選擇，次決於部族的是否擁戴。

基於「太祖嘗謂太宗必與我家」❷，以及部族崇愛德光❸雙重理由，東丹王只好拱手讓位給他的弟弟，東丹王因此獲致「讓國皇帝」之美稱。

魏武帝曹孟德最初極賞識陳思王的文才，加以陳思王獲得楊脩、丁廙、丁儀等文人才士的鼎力輔佐，職是之故，陳思王聲勢名望浩大，被立爲太子問鼎皇帝的呼聲甚高。曹操曾在征討孫權時，指令陳思王留守於鄴城，並且勉勵他：

吾昔爲頓丘令，年二十三，思此時所行，無愧於今。今汝年亦二十三矣，可不勉歟！❹

可見曹孟德對陳思王另眼看待。魏武故事載令說：

始者謂子建，兒中最可定大事。❺

從而更得知曹操對陳思王眞是寄望頗高。可惜陳思王驕縱任性，絲毫不懂得把握良機，謹愼行事，以致使王位落在曹丕手中。陳思王喪失垂手可得的帝位的原因，最主要者有三點：㈠建安二十二年（西元二一七年），陳思王乘車行馳道中，擅自開放司馬門而出。曹操因此非常氣忿，下令責之。自此曹操對陳思王感到萬分失望，而改立長子曹丕爲太子的念頭於是萌生。㈡建安二十四年（西元二一九年），曹仁被關羽的軍隊圍困，曹操命令陳思王爲南中郎將前往拯救曹仁，然而嗜酒如命的陳思王卻喝得爛醉如泥，根本無法受命完成任務。㈢陳思王的密友楊修頗有才策，曹操爲防患於未然，便給楊修一項罪名，藉故殺害他以免後患無窮，陳思王爲這件事感到很不自安。❻

東丹王與陳思王本來皆具備良好條件，但是他們並沒有及時抓住機會，盡力爭取帝位，以致於讓後來居上的手足兄弟稱帝。

四、誠如前所述，東丹王與陳思王的興趣皆傾向於文藝的範疇，而東丹王之弟德光和陳思王之兄曹丕則特別注重武技的鍛鍊，以及策略的研習。契丹國志卷之二紀年敍述德光：「雄傑有大志，精於騎射。」遼史卷三本紀第三太宗上則這樣記載：「貌嚴重而性寬仁，軍國之務多所取決。」魏書對曹丕的武藝僅作簡略介紹：「善騎射，好擊劍」❼曹丕在典論自序中對自己的特長則有較詳細的陳述：

生於中平之季，長於戎旅之間，是以少好弓馬，於今不衰。逐禽輒十里，馳射常百步。

眾所週知，精湛的武功和高深的謀略無疑是身爲一國之君的基本條件，東丹王與陳思王卻不嫺於此道反而熱衷文藝，這自然也是他們未能稱帝的原因之一。

五、東丹王與陳思王自從他們的兄弟登基爲帝以後，即皆受人監視，行動遭受莫大的約束。

遼史卷七十二列傳第二如此描寫：

太宗既立，見疑，以東平爲南京，徙倍居之，盡遷其民。又置衞士陰伺動靜。

德光卽位後，對東丹王產生疑忌之心，因此不但將東丹王刻意限定在偏僻之地：東平，而且還特別派人暗中監視他的一舉一動，以防他造反。

魏志卷十九說：

文帝卽位，誅丁儀、丁廙並其男口，植與諸侯並就國，黃初二年（西元二二一年），監國謁者灌均希指，奏植醉酒悖慢，劫脅使者，有司請治罪。

曹丕不獨誅殺陳思王的參謀才士，且派遣監國窺伺陳思王的行動，已不利於陳思王，而監國又十分驕橫，對他極端無禮，陳思王的困境不言可喻。在這種不自由、不得志的惡劣情況下，東丹王只好被迫奔唐，陳思王則因闖禍而被貶爲安鄉侯。兩者的命運皆相當乖舛。

六、東丹王在本國一蹶不振，遂奔唐以求安身，雖曾一度受到後唐明宗李嗣源的禮遇，但終究仍不得好死。唐明宗的養子李從珂謀殺閔帝（明宗之子），自立爲王，東丹王向太宗密報從珂弒君篡位事件，太宗於是應允東丹王的請求而發兵攻打從珂，從珂被擊敗，心有未甘，暗中派遣壯士李彥紳將東丹王給予殺害以爲報復。東丹王遇害喪生時年僅三十八歲。陳思王自從曹丕稱帝後，地位亦每下愈況，一降再降，誠如魏志卷十九所言，「十一年中而三徙都」，因此他一直汲汲無歡，終至罹患一場大病，不治而亡，只活了四十一個年頭，比東丹王多活上三年。換句話說，東丹王與陳思王這兩個悲劇角色皆英年早夭，而且死時甚爲悽慘。

七、從遼史列傳第二所揭露者，可以推測東丹王的文學著作勢必不在少數，但現今所能目睹的卻唯有一首五言絕句「海上詩」而已，算是碩果僅存的。之所以落到這種寂寥的地步，最主要原因乃是由於遼時書禁制度極其嚴苛，不准許流傳到鄰境去，宋人沈括指出：

契丹書禁甚嚴，傳入中國者法皆死。⑧

再加以遼亡於女眞族，五京兵燹，典籍縑素散佚不勝枚舉，所以留存者十分稀少。唯其如此，斷簡殘篇隻言片語都是彌足珍貴的，對於東丹王的「海上詩」，亦應該這樣看待。在著作的流傳上，陳思王顯然比東丹王幸運得多。東丹王於被德光猜忌、監伺之下，無奈只有浮海投靠後唐一途，這首質樸無華的小詩便是在奔唐之際於海岸撰成的，所用的詩韻是十三職韻。東丹王在海上立木爲碑，將此詩刻在上面：

小山壓大山，大山全無力；
羞見故鄉人，從此投外國。

相信敏感的讀者，大概能從東丹王奔唐有感而作「海上詩」的這段故事，聯想及陳思王七步成章這件事來。世說新語文學第四中簡略記載「七步成章」的故事：

文帝嘗令東阿王（佑案：即指陳思王）七步作詩，不成者行大海。應聲便爲詩曰：「煮豆持作羹，漉菽以爲汁；萁在釜下燃，豆在釜中泣。本自同根生，相煎何太急！」帝深有慙色。

「海上詩」與「七步詩」這兩首五言詩，皆是處於被逼迫之下，無可奈何之餘而完成的小品，非獨如此，最令人驚異的是，這兩首詩本身竟然恰巧亦含有許多不謀而合之處。

這兩首詩皆以自然界的物體來比擬兄弟，「海上詩」以「小山」喻德光，由於德光的輩份是弟弟，所以稱「小」，「大山」喻東丹王本人；而「七步詩」則選取「萁」來喻曹丕，「豆」喻陳思王自身。作爲「別名」的「小山」與「大山」，無疑皆屬於「山」這個「共名」的系統，而

「豆」這個果實，以及當作豆莖解釋的「萁」亦同隸屬於作爲植物名的「豆」的系統，即「同根生」，兩兩關係均極密切，足見作者比喻甚爲貼切、含蓄。更進一層而言，二詩所運用的動詞皆是非常強烈的意象，給人深刻的感觸，如「海上詩」中的「壓」這個動感意象（Kinesthetic imagery），以及「七步詩」裏的「燃」、「煎」這兩個熱覺意象（Thermal imagery），頗能將親骨肉的迫害表達出來，另外這兩首主題相近的詩所描述的作者本人的下場也相似，「海上詩」顯示東丹王自己被壓迫得「全無力」，以致非「投外國」不可；「七步詩」則描繪陳思王被煎熬得「在釜中泣」，正透露出兩人失意、不被重用的悲慘結局。

清代史學大家趙翼曾贊美「海上詩」：

情詞悽惋，言短意長，已深有合於風人之旨矣！[9]

其實這番評語亦可加諸於「七步詩」[10]之上，因爲「七步詩」與「海上詩」同樣曲盡其妙，含蓄婉轉，十分感人，難怪文帝聽後深深感到慚愧。

在中國文學史上，具有相同身世、個性、嗜好、行爲與遭遇，況且作品內容、技巧復極類似的文人委實少之又少，從上述多重比較中，即可明白一件事實：陳思王與東丹王便是極少數的例證之一。陳思王家喻戶曉，東丹王卻「沒世而名不稱」，而藉賴這項人物比較的工作，將東丹王從古籍中挖掘出來，使這位命運多舛的才子彰顯於世，則是本文的主要目的。

【附註】

❶ 此文原載文史哲學報第二期，後收入「遼史彙編」中。

❷ 見遼史卷七十一列傳第一后妃，淳欽皇后述律氏條。

❸ 通鑑卷二七五後唐紀：「契丹述律后愛中子德光欲立之。至西樓（原註契丹上都也）命與突欲（即倍）俱乘馬立帳前，謂諸酋長曰：『二子吾皆愛之，莫知所立，汝曹擇可立者執其轡！』諸酋長知其意，爭執德光轡曰：『願事元帥太子！』」

❹ 三國志魏志卷十九陳思王植傳。

❺ 三國志魏志卷十九陳思王植傳，裴松之注引。

❻ 同註❹

❼ 三國志魏志卷二曹丕傳，裴松之注所引。

❽ 見夢溪筆談卷之十五藝文二。

❾ 見二十二史劄記卷二十七，遼族多好文學條。

❿ 一說此詩非出於陳思王手筆。

詩中的鏡頭作用

甲

中國文學史上，僅僅針對自然物象的材料施予描繪，便能臻及喻事寓理、擬心詠志的鵠的，換言之，完全任由承攬多元性美感姿態與意涵（message）的物象（鏡頭），擺脫諸多限制性而傳遞出主題內容的消息，這類可以被「鏡頭作用」管轄的詩，六朝、唐以前，雖然也有少數的例子，但嚴格說來，應該肇基於唐朝，亦蔚然於唐朝。

固然，詩經、楚辭中不乏以自然物象爲題材的例子，可惜那些材料元素的存在多擔任附屬的點綴地位而已，作爲情境的烘托，不能說沒有一番績效；但在促進主題的呈露上，泰半毫無助益可言。降及兩漢，基於辭人捨本逐末，過份迷信於修辭的執拗，著力於造象技巧的運作，一去不返，導致遠離主題內容的應和。古詩十九首裏雖隱約含有「鏡頭作用」傾向的痕跡，然而那些詩猶須仗賴附在寫景之後的人生、人物活動的描述，或事件的發生，托出主題的任務才得以圓滿完成。

直到六朝，尤其是宋齊，道地的體物詠志的文學現象普遍形成，才算眞正具備「鏡頭作用」的雛型。就六朝山水詩加以統計歸納，便能够窺見一個當時流行的結構：

體物寫物——感物詠志

劉勰「文心雕龍物色篇」說：

自近代以來，文貴形似。窺情風景之上，鑽貌草水之中。吟詠所發，志惟深遠；體物爲妙，功在密附。故巧言切狀，如印之印泥，不加雕削，而曲寫毫芥。故能瞻言而見貌，印字而知時也。

的確，具有這種結構的作品，在六朝山水詩中佔領一席普遍而重要的位置；順手拈來，何水部的「贈王左丞僧孺」、「七夕」，左思的「雜詩」等無一不是這種結構的明證。再舉江文通的「外兵舅夜集」爲例：

丹林一葉舊，碧草從此空。
煙光拂夜色，華舟盪秋風。
斂意悵何已，極望情思中。
瑤瀾寂以晏，若采能幾終。
暮心亦誰寄，江皋桂有叢。

前四句體物寫物，轉入感物詠志的結論：

這種程序雖已擺除古詩十九首裏藉以傾出主題的人物的活動、事件的發生，而直接作感物的詠志，然而這種刻意將內心世界和物象的存在以分析的語言、主觀的情緒連結的方式，形同畫蛇之餘所添的足，已足够破壞體物寫物部分物象的經營、水銀燈效果以及細緻無比的暗示的美感經驗。上述的破壞現象到六朝山水詩末期，逐漸削減；對多層次暗示性（suggestiveness）物象的要求，相對的普遍提高，而逐漸接近完整的「鏡頭作用」。

有唐一代，上述結構遭受嚴重的修正和改革，甚至索性摒除擬心詠志的陳述方式，加強物象的選擇，使表面化的悟理情歎潛伏在物象內層，成爲隱藏內容（latent content）。其中表現最突出而且成功的詩人，卽是王維。王維似乎察覺到自然物象本身的律動，業已足够傳遞天理與激動讀者。寫景中明澈的物象的魂魄必須富有無限的暗示性與豐饒的延展性，使物象與物象互相表意，互相修飾，這一層的考慮和反省通過他的心靈，王維開始割掉上述的蛇足，換言之，剔除含帶解說意味的悟理情歎的尾巴，避免服役於演義性的觀物思維；物象自身開始脫離陪襯職務而躍居最富支配力的主位，一片天機，主題性的錯綜複雜與深廣度，完全交由物象自身去洩露。客觀物貌以及主觀意義、精神特質，經過他的經營，輕易地避過解說方式的干擾，而達到水乳交融的境界，作戲劇性的呈現。像這種六朝詩人預想不到的詩，才有資格歸入充滿生長力的「鏡頭作用」。

這種「山水是道」（孫綽）、「寓目理自陳」（王羲之）的鏡頭作用，王維以降，續有經營，孟浩然、柳宗元以及宋代山水詩人，對鏡頭作用的運用和掌握，都有十分良好的成績。

以下將提出並且闡釋兩個新舊的例證，希望通過它們的「現身說法」，讓「鏡頭作用」的意旨更具體更透徹明確地浮現出來。

乙

顯然，王維的「辛夷塢」正是上述「鏡頭作用」的最佳明證：

木末芙蓉花，山中發紅萼；
澗戶寂無人，紛紛開且落。

短短二十字，撇開任何知性說明、自我觀點的參與，任由數個鏡頭聯合組成的自足的無限的客觀存在，直捷而有力的表現無人觀賞的芙蓉花，在空曠寂寥的澗戶兀自開落的落寞，悲壯情緒和主題結構，同時淋漓盡致的發揮崇高的靜態悲劇效果。

在創作過程裏，王維頗能對待物象以一段美感距離，便利細心的觀察，進而忘我，達到出神的意識狀態，整個投入謹愼攫取的自給自足的物象世界，而與自然物象產生超越存在的神秘和諧。緣由這首詩的物象的自主完整性，與從容自足的演出，因此縷述演繹和分析語言的侵犯與干涉，反而會導致完美飽和狀態的喪失。至於主題內容和主觀情感的湧現的問題，完全委託物象本身去解決。像「辛夷塢」這一類的傑作，物象的呈現，必須要求切入隱伏在內層的，由物象自身所興起、衍生的感觸和反應，概思和意義；而且內外互爲映照之中，也藉賴一條隱約的暗示性的跡線來貫穿來聯繫，這種情況，借用化學術語，內外之間，反應物與生成物正好形成「可逆反應」(reversible reaction)。

王維深明禪理與「鏡頭作用」的好處，職是之故，一字一句，皆出常境，難怪趙鐵巖這樣讚嘆：「右丞通於禪理，故語無背觸，甜澈中邊。空外之音也，水中之影也。」（王右丞集箋注序）。

「辛夷塢」巧妙無比的藝術手法，在現代詩中，也是屢見不爽，下面這首張默的「鴕鳥」很能支持我的說法：

遠遠的
靜悄悄的
閑置在地平線最陰暗的一角
一把張開的黑雨傘

作爲喻體的鴕鳥與處於喻依地位的黑雨傘，兩個不相干的物象之所以能夠直接認同，主要得力於透過推理而喚起的未經訴說的類似點（包括動作、顏色、形態等）。張默豐富的想像力所創造的這種間接的指涉方式，使兩個物象藉着隱喻（metaphor）的運作而產生新的認知關係，在由生物的鴕鳥進入無生物的雨傘的聯想過程中，同時反映出張默對客觀物體或現象的評價。黑雨傘這個物象（鏡頭）在最後被提出時，多端的主題意義與深層的情感的傾出的責任，即落在黑雨傘身上。這隱喻的建立與「鏡頭作用」相輔相成，俾令「鴕鳥」的演出與讀者的想像達到交融的境界。

在「鴕鳥」或者「辛夷塢」中，意象的意義實在超越「心靈的圖畫」與「文字繪的圖畫」的範圍，躍入龐德涵蓋較廣的定義：「意象呈現瞬間所獲得的整個感性與知性的複雜經驗。」，或者李查（I. A. Richard）：「心智活動與感情的特異結合」的領域。這種說法，如果透過美學原理的溝通，更能獲致深刻的瞭解；對於這種意象的特殊功用，桑塔耶那在「美感」一書「色彩」篇中所說的一段精闢的話或可借以解釋：

每一種具有多樣內容的事物，都具有一種形式與意義之潛能（potentiality），當注意使我們習慣了形式的種種變化，形式即能受到欣賞；而且一當這些形式之各種情緒價值，把新客體及其他具有類似情緒的經驗相聯合以後，這一新形式就能取得意義，因此使它在心意中得到一個同情的環境（a sympathetic environment）。

鏡頭作用能够發揮高度的效果與美學價值，大概是基於這種原理。張默或者王維都很能使用這種原理，對物象內蘊的存在面深入了解，縝密地選擇深具暗示性的物象（芙蓉花和黑雨傘），來和空間（澗戶和地平線）、時間對比釀造張力。

並置這兩首詩而加以討論，並不存有比較、價值判斷的企圖，目的端在於便利這兩首詩的相互認識、解釋與相互修飾，因爲這兩首詩非獨共同隸屬「鏡頭作用」，且它們擁有諸多層面的相似。

在意象上相似的層面是顯明的，譬如「寂無人」和「靜悄悄的」兩個聽覺意象都指向一片寂寞冷靜的世界；根據「原始類型」理論，「紅萼」的紅色象徵犧牲，「陰暗」和「黑」則象徵死亡，這三個色形意象無不涵容極爲相近的主題意義。微小而爲人冷落疏忽的「芙蓉花」和「黑雨傘」均充分切中主題意義。經過這層分析，得到一個結論，卽是單獨的意象，在「辛夷塢」或者「鴕鳥」裏，擁有十分密切的關係，共同朝向一個特定的抽象概念或隱藏內容展開，這種統一性以及有機性，促使心理意象一躍而爲象徵意象。

事實上，張默的「鴕鳥」原來僅是一句話，而以分行處理和疊字運用勢必經過賴以萌生示意作用的考慮，它的目的不外製造迂緩流動的時間感覺和幽微哀傷的情緒狀態。時間的印象，同樣在王維藉以表達生命微瀾的起伏的芙蓉花無聲無息的開落過程中存在着。

對卑微的物象與無盡的空間的認知，催促具有象徵意味的強烈的對比關係，轉變爲心理層面的感觸。生命的悲哀、渺小還有孤絕感遂透過對比，而在這兩首詩裏表露無遺。這是空間表達相同的一面。

這兩首詩，核心意識的展示，全然依靠物象自身的呈露，猶之不涉詮釋的「鏡頭作用」，根本無需知性說教的介入，便能發洩物象所指涉的概念與意義。這兩首詩同樣在文字、意象方面給予嚴重的壓縮鍾鍊，卻在抽象意義的世界獲致不盡不絕的伸延，深深獲得水銀燈活動的效果。

登高壯觀天地間

高高在上之景物，如崇山偉嶽，由於不可捉摸或不易攀登，人類自然對之產生敬畏之心，上古人類甚至對之萌生崇拜的心理。自然景物本來即能娛人，其中崇高的山岳更討人喜愛，令人崇敬，雖然高遠，但人類的足跡尚能抵達其上。徜徉其間，既可欲賞高山之壯美，復可藉以化解鬱結，當然高山對人的功能不僅此也。職是之故，高山於人類心目中，佔有相當重要的份量。而攀登峻高神聖的山，此種行為便具有深層的意義，特別是對古人而言。

「禮記・曲禮上」：「孝子不登高」，儘管古籍存有這種說法，卻無法阻止古人登高的念頭。光是看先秦兩大文學經典之作：詩經與楚辭，其中有諸多描寫登山之作，便足見高山峻嶺對古人的吸引力之巨了。「詩經」中狀述登高之作，如卷耳、陟岵、草蟲等均是。「楚辭」中寫登山遠眺者，更是俯拾皆是，譬如「登崑崙兮四望，心飛揚兮浩蕩」（九歌・湘君）、「登石巒以遠望兮，路眇眇之默默」（九章・悲回風）、「采山秀兮於山間，石磊磊兮葛蔓蔓」（九歌・山鬼）、

「憭慄兮若在遠行，登山臨水兮送將歸」（九辯）等卽是例子，楚辭作者屈原乃是宦場失意的逐臣，崔嵬高崗對他而言，眞是消解故國之思及宣洩滿懷憂憤的最佳場所。這便是登高的功用之一。

爬陟山巔，視野隨著無限的空間而擴張延伸，每一個人身歷此境，由於身世、觀念不同，遂產生相異的感觸。旣然心中有所感，必形之於言而成爲詩，「登高能賦」這一成語卽指此而言，因爲君子登上高山，目睹山河之美，景物之麗，多能賦詩來抒發自己之懷抱。古詩中登高之作數量不少，之所以如此，這亦是因素之一。

漢朝有一則重陽登高的故事，自從這段故事流行以後，有關登高之詩篇於是越來越多。農曆九月初九爲重陽，又稱重九。重陽節至今仍流行的習俗之一卽是登高。此登高之習起源於漢代桓景登高的故事。梁人吳均「續齊諧記」記載：

汝南桓景，隨費長房遊學，長房謂之曰：「九月九日，汝南當有大災厄，急令家人縫囊盛茱萸繫臂上，登山飲菊酒，此禍可消。」景如言，舉家坐山，夕還，見鷄犬一時暴死，長房曰：「此可代之。」今世人九日登高是也。

緣于此，從漢代以降，重陽節最重要的習俗便是登高，如同淸明則踏靑，中秋則賞月一般。

其實，登高之習並不只是行于九月九日而已。「隋書．元冑傳」云：

文帝正月十五日，與近臣登高。

「荆楚歲時記」一書則說：

正月七日爲人日，以七種菜爲羹，剪綵爲人，登高賦詩。

由此可見正月初七（人日）及正月十五（上元日）兩天，亦有登高的儀式。趙翼「陔餘叢考」中登高條下亦主張此說：

登高，不獨九日也。昌黎集有人日城南登高詩。隋書元冑傳：「文帝正月十五日，與近臣登高，馳詔冑謂曰：『公與外人登高，不如就朕。』」是人日及上元日皆登高矣。

綜合言之，重九、人日、上元日，皆有登高之習俗。當然，這話並非表示登高必須選擇這三天不可。換言之，上述三個節日以外的日子，亦可以登高。

登高之舉，在魏晉時代最爲盛行，而且泰半不擇於重九、人日、上元日三天從事這項戶外活動。魏晉南北朝時期之所以陟山之舉昌行，細究起來，約有三個主因。

這段時期可以說是中國史上恐怖、黑暗的時期。由于政治派系的傾軋而慘遭斧鉞的文士，不計其數；孔融、禰衡、楊修、丁儀、丁廙、何晏、嵇康、陸雲、陸機、石崇、張華、潘岳、劉琨、郭璞等，均是順手拈來者。在斯種惡世中，識時務的文士只好走上避世之途，誠如劉大杰所言：

魏晉政治的黑暗，屠殺文士的殘酷，使得當日讀書人對於現實界的希望完全消滅，不得不由積極的救世的人生觀，趨於消極的避世的人生觀了。❶

劉宋的孝武帝劉駿曾下令屠城，殺戮廣陵士民。其子于其死後繼承王位，亦嗜殺無道，諸大臣及宗室遇害者甚夥，卽使未被弑殺的諸王，也飽受凌辱。僅僅這兩位皇帝在位時，文士慘死者已多至令人寒心，其他皇帝執政時更甭說了。文士爲了保全性命于亂世，便以山林爲保命託身之地。這是此期文士紛紛陟山棲隱的原因之一。

第二個因素是老莊、佛道思想盛行，這和政權的腐化很有密切關聯。由于政治黑暗，法治精神始終未能建立，申韓思想日趨衰微，相反的，老莊、佛道的哲理則日益蔓延。檀道鸞「續晉陽秋」對此說得相當確切：

正始中，何晏、王弼好莊老玄勝之談，而俗遂貴焉。至過江佛理尤盛。故郭璞五言，始會合道家之言而韻之，詢及太原孫綽轉相祖尚。

眾所周知，魏晉名士間清談風氣甚盛，其所談論之內容，不外乎老莊佛道。而談論的場所，不是別墅湖境，便是巨寺名山。

第三個因素即是高山本身的誘惑力，此前已言及。關于這點，林文月有更詳盡的說明：

由躲避現實而隱入山林；由隱入山林而發現大自然之美妙，成爲山水之愛好者與崇拜者；無形間，隱遁生活與山水的愛好已成了密不可分的一體。其後，由於文士們的宣揚，大自然的吸引力愈形增加，風會所趨，競以接近山林爲一種風流雅事。❷

登高和詩賦實有密不可分之關係，前面所引「荆楚歲時記」那段文字足以爲證。孔子曾說：「君子登高必賦」❸，漢書藝文志亦云：「登高能賦，可以爲大夫。」宋人王安石的詩也支持這項說法：「信知大夫才，能賦在登高」魏晉南北朝既然流行登高之舉，因此登高之詩文產量必多。但是基於每個人的身世不同、思想逈異，故所撰之登高之篇章內容自然歧異。以下簡單舉兩種型態爲例。

晉宋之際，出了一位山水詩大師謝靈運。此人放縱狂傲，才高八斗，出身門閥高第，一生曾仕晉宋兩姓，屢仕屢隱，終以四十九歲而遭棄市。既然官場失意，不滿現實之餘，唯有以登高臨水來驅遣內心的抑悶。其詩作如「登江中孤嶼」、「登廬山」、「登翻車峴」、「登黃鶴磯」、「登石門最高頂」、「登上戍石鼓山」等，其結尾多詠歎不遇及表露鄉思。從他的登高詩篇，實在看不出他在隱遁山林之際，懷有用世之念。

而謝安的心態則與謝靈運大異。謝安的確是一位存有「身在江湖」而「心存魏闕」的思想者，表面上過著「高臥東山」的生活，其實內心充滿追求榮達之慾望。

六朝登高之作，無論出于何種型態，它在文學史上顯然佔有重要之地位，乃是不容置疑的。可以這麼說：「登高」業已成爲一種普遍的「母題」（motif）。打自六朝以後，寫登陟高山之詩篇，每一朝代都有，且數量亦繁夥，這就是六朝登高詩影響之深遠的明證。

其實登高所登陟者，並不僅限於峻嶺崇山，樓亦是古人登的行爲的對象之一。謝靈運「登池上樓」、王粲「登樓賦」、杜審言「登襄陽樓」、杜甫「登岳陽樓」、「登兗州城樓」、崔顥「登黃鶴樓」等，卽是佳例。只要是高處，身臨其境，所見所感大槪不會相去太遠。其所不同者，高山可以成爲隱遁之處，而高樓則不然。高山往往是隱士的理想的象徵，而高樓便不能具有此層深旨。基于此，以下所談的登陟的對象仍指高山。

至於古代詩人登高山陟峻嶺時，產生何種思想，懷抱什麼心情，這些便是以下所欲探討的。古人登高之作中，思念故鄉、懷想家人為其主要內容之一。「詩經」魏風「陟岵」算是年代較早的一個例子（僅錄二章）：

（第一章）陟彼岵兮，瞻望父兮。父曰：「嗟予子，行役夙夜無已。上慎旃哉！猶來無止。」

（第二章）陟彼屺兮，瞻望母兮。母曰：「嗟予季，行役夙夜無寐。上慎旃哉！猶來無棄。」

役夫攀登高岡，瞻望故鄉，不禁想念起雙親來，為何萌生這種念頭呢？其理由是「瞻望原係心靈感應，精魄相通的行為，故回想起父母親的話語。」❹這是重九登高典故尚未發生以前的作品。自重陽登高故事發生後，登高之作遂多使藉用這個典故來表達鄉愁，譬如唐人劉長卿「九日登李明府樓」、隋江總「九月九日至微山亭」、明代何景明「九日同馬君卿任宏器登高」等均是。其中最膾炙人口的，宜推王維的「九月九日憶山東兄弟」：

獨在異鄉為異客，每逢佳節倍思親。
遙知兄弟登高處，遍插茱萸少一人。

前引桓景故事提到桓景全家揷茱萸以避邪、登高飲酒以驅除災難，王維卽妥善運用這個典故，把離鄉背井的他遙念故鄉的兄弟之情，巧妙地表露無遺。

登高詩作經常表現的內容之二——視高山爲理想之境域。這是肇基于老莊、神仙思想而產生的詩作。詩人高踏山嶽，彷彿遊于仙境，甚至擁有人與山合一之觀念。唐人張說「九日進茱萸山」及晉人謝道蘊「登山」，皆含。蘊這種內容。前者詩如左：

晚節歡重九，高山上五千。
醉中知偶聖，夢裡見尋仙。

後者詩如下：

峨峨東嶽高，秀極冲青天。
巖中間虛宇，寂寞幽以玄。
非工復非匠，雲構發自然。
氣象爾何物，遂令我屢遷。

逝將宅斯宇，可以盡天年。

上述二詩雖然皆非佳構，但從而卻可管窺中古詩人對塵土之厭煩，對仙境之讚美之一斑。登高固然可以消悶，避世離俗，登上崇山固然可以求解脫。然而有時候卻事與願違，登高遠眺，所引起的竟是悲痛哀傷之情。這也是登高詩屢見的內容之一。陳子昂「登幽州臺歌」、李義山「登樂遊原」、杜工部「登高」等詩，就是家喻戶曉的例子，這裡不一一抄錄。詩人登高而望，四顧茫然，感到空間之遼闊與時間流逝之迅速，和渺小而短暫的自己相形之下，委實有天壤之別，不禁「獨愴然而涕下」。即使狂放不拘的李白在登高之時，亦難免有此等慨嘆：「登高壯觀天地間，大江茫茫去不還」（廬山謠寄盧侍御虛舟）。而晚唐杜牧「九日齊山登高」亦呈現無可奈何之心態：

江涵秋影雁初飛，與客携壺上翠微。
人世難逢開口笑，菊花須插滿頭歸。
但將酩酊酬佳節，不用登臨怨落暉。
古往今來只如此，牛山何必獨沾衣。

這首詩和剛才列舉的數首詩雷同，對著自然的亙古不變，悲歎人生之瞬息，所表露的乃是消極的態度。

而登高觀望景物，卻呈現積極樂觀的心態者亦有之。宋人陳師道的七言律詩「九日登高」，讀來即令人振奮，就以此首作本文的結尾：

平林廣野騎臺荒，山寺鳴鐘報夕陽。
人事自生今日意，寒花只作去年香。
巾欹更覺霜侵鬢，語妙何妨石作腸。
落木無邊江不盡，此身此日更須忙。

此詩亦表現時間的流逝之速，但衰老詩人對此的反應卻是積極地抗拒險境，以及更忙碌地去開拓人生，把握光陰。這一點，正好與杜牧背道而馳。這是歷代登高詩中極少見的。此詩不但不哀怨感傷，反而含有筆直向上的精神。

【附　註】

❶ 見劉大杰「魏晉思想論」（中華書局）頁一一二。

❷ 見林文月「山水與古典」（純文學出版社）頁十三——十四，即「從遊仙詩到山水詩」一文。

❸ 見「韓詩外傳・七」。

❹ 白川靜「詩經研究」（幼獅期刊叢書，杜正勝譯）頁一八五。

用中國的眼來看

——也談中國古代的短篇小說

去年（卽六十七年）十二月十一日人間副登刋載了羅青先生的大作「中國第一個短篇武俠小說」，文中指出「莊子」一書中的「說劍」篇乃是中國最早的短篇武俠小說，完全契合現代西洋短篇小說的要求，實發前人所未發。羅青先生並且針對「說劍」從事深入的剖析工作，洞察入微，卓見時出。但他對中國小說作取捨所採擷的角度，以及該文結尾——亦卽針對中國短篇小說的起源，「說劍」的產生時代兩項所作的簡論，似乎有些疏漏之處。本文擬就這些疏漏提出個人的淺見。

平心而論，運用西洋小說理論來探究中國古代小說，用意至善，我對這點毫無異議；然而我反對以現代西洋小說的標準來衡量中國古代小說，並且視作唯一的途徑的這種方式。因爲以西洋小說研究方法解析中國古代小說，足以抬高中國古代小說的價値，同時也爲中國古代小說帶來一個嶄新的分析角度，雖然它只是一個輔助的角度而已。但如果一味主張具備西洋小說條件者始得以稱爲小說，其不合者就不能歸入小說之列，則顯然是有欠公允的偏差觀念。

中國古代小說自有其特殊的定義和要求，雖與現代西洋小說標準迥異，但無可諱言的，兩者的重要性則雷同，各有其時代、文化意義。這無非是比較公正不阿的看法。職是之故，中國古代小說豈能以現代西洋小說標準來秤量？若使用現代西洋小說標準來衡量中國古代小說，其結果當然會發現秦漢以前根本沒有小說存在。不知羅青先生是否考慮過這層問題？

或許有人會發問：那麼中國古代小說的標準究竟如何？

關于這層問題，「漢書藝文志」的「諸子略」中已有很妥善的答案可尋。「諸子略」中有一段從劉向、劉歆父子的著述裏編輯出來的話：

> 小說家者流，蓋出於稗官。街談巷語，道聽塗說者之所造也。孔子曰：「雖小道，必有可觀焉，致遠恐泥，是以君子弗爲也。」然亦弗滅也。閭里小知者之所及，亦使綴而不忘。如或一言可采，此亦芻蕘狂夫之議也。

這番記載首先闡明：小說乃是出於小官爲了觀察民風民意而收集的里巷言談等這些虛構（造）的語辭中，接著進一步指出，文學藝術這種「小道」，以修齊治平爲己任的「君子」之所以忍痛割愛之（弗爲），主要原因是唯恐一味地沉迷（泥）於其中。最後提到小說含有大道理（一言可采）藉以勸戒世人這種實用價值。關於這番極端重要的記載，黃維樑先生在「中國最早的短篇小說」（幼獅月刊第四十二卷第二期）一文中，有更詳盡的解說。

以這種中國的標準來衡量中國古代小說應該是最客觀、最合理的。只要合乎這個標準者，卽可以小說稱之而毫無愧色。而如果既合中國的標準，同時又符合現代西洋小說標準，當然更佳。但是羅青先生卻以現代西洋短篇小說標準爲圭臬，來衡量中國古代小說，難怪他在「先秦」典籍中找不出其他與其心意吻合的短篇小說。細究起來，這是他並未洞悉中國古代小說畢竟不等於現代西洋小說所導致的結果。

羅青先生指出「說劍」係屬後人僞作，前人已有此一說，這種判斷大概可以承認。而他所認定的「說劍」創作年代，則有待商榷。羅青先生如此一口咬定「說劍」的著撰年代：

「說劍」既然有如此完備的短篇小說架構，其產生的時代絕對不會早於漢朝，這是肯定的。若以小說的發展史而論，「說劍」可能成於後漢與魏晉六朝之間。

他所用以支持這項結論的理由委實非常薄弱：「說劍」既然有如此完備的短篇小說架構。以下將對這點加以辯駁。

也許羅青先生未仔細翻閱「孟子」、「晏子春秋」、「左傳」、「韓非子」等業已被學者公認隸屬於「先秦」的古籍，所以才會有這種錯舛的推理和不貞的結論。其實，上述這幾部「先秦」古籍中，業已存有眾多既合中國小說標準而又相當優秀、完整的短篇小說，譬如「晏子春秋」的「景公養勇士三人無君臣之義晏子諫第二十四」、「左傳」的「鄭伯克段于鄢」、「孟子」的「齊人有一妻一妾」、「韓非子」的「扁鵲治病」等均是極有力的例子，例證當然尚有不少，這些不過是順手拈來的而已，這些例證都與「諸子略」中對小說的看法若合符節，非獨如此，它們的架構皆十分完備，多合乎羅青先生用以分析中國古代小說時所持的七個步驟：㈠背景介紹㈡事件開始㈢漸入高潮㈣轉捩點㈤高潮漸退㈥事件結束㈦結語。因篇幅所限，無法一一詳細分析、說明它們的結構。

如果套用羅青先生的話，斷言這些「先秦」，亦即「早於漢朝」的例證：

> 既然有如此完備的短篇小說架構，其產生的時代絕對不會早於漢朝這是肯定的。

這段話所犯的疵病無疑是相當彰顯的，相信讀者均能輕易發現其中不合邏輯推論之處。

中國小說起源於魏晉（劉大杰語）、唐（魯迅語）或者宋（錢靜芳語）等諸種說法，應該給予修正，這個意見，潘師石禪在「中國古代短篇小說選注引言」（學生書局）一文，以及黃維樑先生於「中國最早的短篇小說」一文中早已提出，讀者可以參考這兩篇宏文，這裏不再贅述。

根據上述諸種論證，可以獲得一項顛撲不破的結論：「中國小說，尤其是短篇小說，自先秦時代卽已濫觴，這也是肯定的。」基于此，羅青先生所謂的「以中國小說史觀之，最早具短篇小說雛形的首推魏晉南北朝時產生的志怪」，委實也有修正的必要。

張冠豈容李戴

——再談中國古代的短篇小說

羅青先生於六十七年十二月十一日人間副刊上，發表了「中國第一個短篇武俠小說」這篇評論，我詳細拜讀之餘，鑑于其中存有幾個嚴重的問題，遂寫成一篇短文「用中國的眼來看」（已刊登于六十八年一月十八日的人間副刊上），針對這些問題，拿出有力的證據來與羅青討論。

歸納起來，我那篇短文企圖強調的不外乎下列三個重點：一、使用現代西洋短篇小說情節結構的七個標準步驟，來研討中國古代短篇小說時所引起的諸種疵病。二、將「文學的體制」視作鑑定某一文學作品的產生年代的一項主要尺寸，殊欠允當。三、修正羅青先生此項謬舛的論點：「以中國小說史觀之，最早具短篇小說雛形的首推魏晉南北朝時產生的志怪。」，羅青先生的看法顯然係承襲劉大杰的，劉大杰在「中國文學發展史」一書中曾斷言：「論中國的小說，最可靠的時代，還得以魏晉爲開始了。」，可以說，我等於也修正了劉大杰的看法。

一個月後，羅青先生又發表了「歷史・寓言與小說」一文于二月十八、十九兩天的人間副刊上，面對我那篇短文，給予激烈的反駁，雖文中並未指名道姓，但顯而易見的，大部分乃是針對我而發的。由於他的駁文曲解我的原意之處頗多，以及他仍固執某些非常錯誤的觀念，事態嚴重，我深覺有再撰文澄清和商討的必要。

首先從中西短篇小說的形式談起。羅青先生爲了鞏固他所堅持不放的論點，不惜以現代西洋短篇小說情節結構的七個步驟附會中國的「起承轉合」這個傳統觀念，削西洋的足適中國的屨，謀求建立中西兩種不同形式的密切關係，以便強調「以西襯中」的可行性。他在「歷史・寓言與小說」中大膽指出：

> 嚴格講來，上述情節結構的七個步驟，與中國人論寫作的「起承轉合」觀念是相吻合的。背景介紹與事件開始是「起」，漸入高潮是「承」，轉捩點是「轉」，高潮漸退，事件結束與結語是「合」。

這段話無疑相當牽強，其實西洋的七個步驟與中國的「起承轉合」四個步驟只具有某種程度的「近似性」，誠非「相吻合的」。我認爲兩者不同，理由並不僅是「七」與「四」數目上的迥異而已，最主要的，無非是由於前者步驟細密，要求較爲嚴謹、繁多，而後者步驟粗略，所要求的自然也沒有前者那麼嚴苛、繁夥。再從另一方面審視，「轉」與「轉捩點」、「承」與「漸入高潮」等這些兩兩相對的術語，表面上看似類同，細究起來，在實質意義上卻擁有極大的差距的。羅先生只見到兩者「相同處」，絲毫不知「歧異處」的明顯存在。基于二者旗鼓並不相當的這層理由，以西洋的有色眼鏡來觀察、分析中國古典短篇小說的行爲，絕對不容許。如果因某篇先秦短篇小說的結構、佈局不符合或未能具備西洋的七個步驟，卽指責其爲結構不完備、技巧不成熟，這種不分青紅皂白的態度，業已嚴重地犯了基本上的錯誤，其結果自然是不客觀的，有失公平立場的，因爲這篇先秦短篇小說若以中國先秦小說的標準來衡量的結果，極可能屬于上乘之作。

嚴格而言，中國文學是不能運用西洋文學觀點來研究的，中國古典文學更不該運用現代西洋文學觀點來探討的。張冠豈容李戴？誠如古賦所云的這種現象：「物各有主，貌貴相宜，竊張公之帽也，假李老而戴之。」畢竟荒誕。關于這點，夏志清、葉維廉、蒲安迪等學者們，業已先後爲文加以闡釋，夏氏在其大著「中國古典小說」一書中特別強調，不宜以西洋小說中（尤其是Henry James 及 Flaubert 以降）的準則（例如觀點統一性、小說家主宰全局的協調性、不容開叉筆等）來剖析中國古典小說，實不愧爲眞知灼見，夏氏之所以提出這種高見，細究起來，乃是他發現中西文學中「模子」問題的緣故。葉氏在「中西比較文學中模子的應用」一文（收入黎明文化事業公司出版的「中國古典文學比較研究」一書中）中便提到「模子」的問題，委實值得關注。葉氏再三表示中國自有中國的「模子」，西洋則別有西洋的「模子」，兩者相去甚遠，所以依循西洋的「模子」來批評或整理中國文學，無疑是非常不當的，難免「門不當戶不對」、「捨本逐末」之譏。唯有跳出西洋的「模子」的限制，遣用中國的「模子」（包括形式的與內容的）來探討中國文學才不失爲正確而理想的途徑。研究中國古典短篇小說亦應具備這種基本態度。爲了讓讀者更信服中西小說的結構不同的這項說法，下面不妨引錄蒲安迪氏的一項研究成果來證明，蒲氏在「談中國長篇小說的結構問題」（文學評論第三集）這篇論文裡透露出：

> 中國的傳統美學是以「互涵」（interrelated）與「交疊」（overlapping）等觀念爲其關注的重點，所以難怪其文學從未以字無虛用、事無虛設、前後直貫的「藝術統一性」爲其批評的中心原則。

因爲有了這種發現，所以他在此文的結尾鄭重地提出警告：

> 在討論中國小說時，我們不應再以西方所謂的「藝術統一性」爲準繩。因爲中國最偉大的敍事文作者雖不曾企圖以整體的架構來創造「統一聯貫性」，但他們是以「反覆循環」的模子來表現人間經驗的細緻的關係。

儘管蒲氏在說明不該用西洋眼光看中國小說這番道理時，是舉「中國長篇小說」爲例，但我們可以舉一反三，推知「中國短篇小說」同樣不許以西洋的準則來研究的道理所在。若欲對秦漢短篇小說從事「價值判斷」或整理工作，宜依據秦漢人士對短篇小說的內容、形式的要求爲準繩，倘若根據現代西洋小說的準則，必定落得蘇軾詩句所謂的「不識廬山眞面目，只緣身在此山中」的困境，其結果可能導致許多在秦漢人士心目中既合格且又優秀的小說被埋沒抹殺，這樣可怕的「比較文學」，我不敢苟同。

必須聲明的是，我既不「崇洋」，亦不是「排洋」份子，同時也非一味地墨守成規的「老古董」之流，而我之所以堅持「用中國的觀點治理中國小說，以古代的看法治理古代小說」，乃是「具有積極意義」，即是在合理的、客觀的正確原則下，好讓中國古代小說「名正言順」地重顯於今日。而如何爲秦漢小說下一個比較完善而又合當時情理的定義，並且據此定義來整理秦漢小說，以免隨現代西洋波濤逐流，終致飄蕩無歸，應該是研究中國小說者目前最迫切最基本的工作。

列于「漢志」「小說家」後面的那段話多少可以管窺秦漢文人對于「小說」的觀念，除此而外，秦漢之際尚有一些言論涉及「小說」者，雖是隻言片語，但皆彌足珍貴，例如莊子外物篇：「飾小說以干縣令，其於大達也亦遠矣。」、桓譚新論：「小說家合殘叢小語，近取譬語，以作短書，治身理家，有可觀之辭。」、荀子正名篇：「故智者論道而已矣，小家珍說之所願皆衰也。」等，在「用中國的眼來看」一文中，我僅列出漢志對「小說家」的評語來充作秦漢小說的標準，而未臚舉出其相關文獻資料，主要因素是鑑于漢志的說法比較完整，同時它也概括了莊子外物篇、桓譚新論、荀子正名篇中所持的說法，我並不以爲漢志所言者乃是獨一無二的，至高無上的，但在文獻不足徵的情況下，它至少可以代表秦漢人士對小說的看法與要求，這與現代人對小說的看法和要求截然不同。根據極稀少的秦漢文獻，所董理成的秦漢小說觀念大概如下述：

> 一種虛構的小作品，記載一些鎖屑小事。雖係雕蟲小技，爲人輕視，卻具有這些功能：在消極方面，富有趣味性，足以取悅（小說的「說」字可作「悅」解，此二字在古代是相通的）於人；在積極方面，具有實用價值，即有益于治道與警世作用。

這個定義偏重于內容方面的說明，它與西洋現代小說的內容有巨大的差距，至于結構方面，例如「起承轉合」，已如前所述，亦與西洋現代小說的結構的出入頗大，無論站在內容或形式的立場而言，中國古代小說與西洋現代小說的含義皆不貌似。也唯有遵照秦漢人對小說的要求來整理秦漢小說，方不致落入張冠李戴、捨近求遠的下場。

羅青於「歷史・寓言與小說」文中談到：「如一定要以漢志的觀點來研究現在所謂的『小

說』，那只有把範圍限制在『小說十五家千三百八十篇』之內。」其實我們可以借用這個漢志中的小說觀，挑選出「小說」這一名目以外的名目中的小說，譬如屬于春秋這一名目的左傳、戰國策，以及屬于儒家名目的孟子、屬于法家的韓非子等，其中若有合乎這個小說觀者，雖無小說之名卻有小說之實，亦可當作小說看待；換言之，跳出這個漢志目錄上的窠臼，莫存有這種心理：小說名目下的作品才是道地的小說，而在其他名目下根本找不到小說作品，亦卽不要因漢志上的小說觀是附在小說目下便呆板的認爲它只適用于小說十五家而已。以漢志的小說觀挑選其他名目中的小說，這種作法，班固地下有知，大概不會「捧腹絕倒，齒爲之冷」。

必須進一步闡明的是，漢代以降的中國小說觀念並非一成不變地固守秦漢的看法的，中國小說的觀點代代皆不雷同，熟悉中國小說史者，勢必瞭解歷代轉變的跡象。各朝代對小說的看法和要求不一，我們整理中國小說史之際，首先宜考慮到這層基本問題，然后以各代的小說觀分別整理各代的小說。我們絕不可站在先秦兩漢的觀點來整理、批評唐宋或明清小說，同理，亦不許採取唐宋或者明清的觀點來整理、批評先秦兩漢的小說。當然，以「現代西洋」的觀點來整理、批評先秦兩漢小說，則更可笑。

甚至卽使以現代中國的觀點審查秦漢小說亦屬荒唐之至，因爲現代中國人與古代中國人對短篇小說內容、形式的要求不一致，換句話說，現代中國的「模子」與秦漢的「模子」根本兩樣，所以羅青在「歷史·寓言與小說」劈頭一段所說的話：「如果我們要研究短篇小說史，視其爲『

小說文學類型』名下的一種文體，我們必須以現代一般（？）對短篇小說的認識與瞭解爲基礎，來重新界定古代文獻中有關小說的材料。」，無疑也是犯了基本上的錯誤。如果堅持採用中國現代觀點去研究秦漢小說，就好比拿中國現代人對美女的看法來挑選中國古代美女，兩者所犯的錯誤是同等嚴重的。羅先生對中國繪畫曾下過一番工夫，職是之故，下面不妨拿有關繪畫的例子來說明「以今論古」的不當。在魏晉、隋唐、五代，甚至宋朝，人們對美女的看法皆是如此的：雙重而且圓鼓鼓的下巴，兩頰飽滿多肉，眉毛與眼睛間隔一段相當驚人的距離，這是一副貴夫人的福泰相，正是古人心目中理想的美女貌相。東晉顧愷之的「女史箴圖」、唐人周昉的「揮扇大女圖」、「內人雙陸圖卷」、「聽琴圖卷」，作于晚唐的敦煌第十七窟壁畫「樹下供養侍女圖」、宋人陳居中的「倦繡圖」及閻立本的「歷代帝王圖卷」等，這些古畫中的女人皆具有上述美女的特徵，充分展露古人對女人的審美觀，如果畫中的女子不是美女，古代藝術家們是不會讓她們在畫中頻頻出現的。假使有人計畫整理一部古代美女傳，則應擇用古代的審美觀來挑取美女，進而一一立傳，如此才不致犯基本上的錯誤，才有其時代意義可言，且與古人看法不悖。如果用中國現代人的審美觀來爲古代美人作傳，則一般古人心目中標準的美女勢必名不稱于世，含寃莫白。而以現代中國審美觀編纂成的「美女傳」，在古人眼中，極可能是一部令人失望的「醜女傳」。

「說劍」係屬僞作，我在「用中國的眼來看」文中業已點頭同意，同時我也清清楚楚地看到羅先生確實在「中國第一個短篇武俠小說」中臚列出諸家對于「說劍」隸屬僞作的一些考證，可是當他正式推論「說劍」的創作年代時，很可惜卻未妥善活用這些考證來支持他的論點，反而作繭自縛，僅取「文學的體制」的考察的這種方法：

「說劍」既然有如此完備的短篇小說架構，其產生的時代絕對不會早於漢朝，這是肯定的。若以小說的發展史而論，「說劍」可能成於後漢與魏晉之間。我們看同時代的虛構故事中，幾乎沒有一篇在結構與技巧上，可與「說劍」相比的。

事實上這種論證並不可靠，這個「推論」（Inference）的「前提」（Permise）太薄弱，以致于它的「結論」（Conclusion）可信度極低微。一作品「有如此完備的短篇小說架構」的這項「前提」，與「其產生的時代絕對不會早於漢朝」的這個「結論」之間，並無適當的相干性，前者絕非後者的有力的證據。學過邏輯的人應該明白，一個邏輯上不正確的論證，即使其前提爲眞，也不能構成令人接受其結論的良好理由的。譬如下列這個與羅青先生的論證相似的結構：

①這是一頂大帽子。
②有人是這頂大帽子的主人。
③凡是大帽子的主人都有個大頭。

④有個大頭的人就有個大腦袋。
⑤有個大腦袋的人是高度聰明的。
⑥這頂帽子的主人是高度聰明的。

這一個論證的前五個述句是前提，最後一個述句則屬于結論。在這種情形之下，如前提本身所說的是事實的話，這些事實亦非其結論的有力證據。某些事實如果要成爲某一個結論的證據，那麼它們與結論之間必須具有適切的相干性。很顯然地，光是靠一些眞的述句是不足以支持一個結論的。讀者應不難察覺出：從帽子的大小來一口論定其主人的聰明程度，這種論證是有疵病的。因爲事實上，並非擁有大腦袋的人就有高度聰明的。他也有可能是個白痴。同理可證羅青先生論證中的疵病，相信讀者亦極易發現疵病所在，無庸贅言。

我非獨點出他這個論證本身的疏漏，在「用中國的眼來看」中，我亦曾舉出許多的確產生于先秦而架構亦相當完備的短篇小說，積極反駁他的論證。如果依據羅青的推論方式，即從「文學的體制」著手便足以推測作品的創作年代，那麼我所舉的那些架構完備的先秦小說，套用羅青的推論方式用的結果，豈不是皆「可能成于後漢與魏晉六朝之間」，這簡直是矛盾之至。誰說漢代與先秦之際沒有架構完備的小說？羅先生太過份相信後漢以前沒有架構完備的小說的緣故，才會有不合理的論證出現在他的文中。

「說劍」是否爲「中國第一個短篇武俠小說」，並非我所要關心的，至于對「說劍」本身作斷代上的考證，我着實也沒興趣，羅先生始終誤以爲我在談「說劍」的創作年代和「武俠」，其實我的用意只在于說明一件事實：不能單靠「架構完備」充作爲一篇作品斷代的主要尺寸，這是相當冒險的。其實結構完備的小說並不一定非成于「後漢與魏晉六期之間不可」或者「不會早於漢朝」，也有許多架構完備的小說的確成于「先秦」，如「晏子春秋」的「景公養勇士三人無君臣之義晏子諫第二十四」、「左傳」的「鄭伯克段于鄢」、「孟子」的「齊人有一妻一妾」、「韓非子」的「扁鵲治病」、「戰國策」的「鄒忌窺鏡」等等，例證尙有不少，基于此，我才肯定中國短篇小說起源于「先秦時代」，而且已有很好、很豐富的成果展現，這些小說在內容上、形式上，皆符合秦漢人對小說的要求，鐵證如山，因此羅先生主張的「以中國小說史觀之，最早具短篇小說雛形的首推魏晉南北朝時產生的志怪」，以及「以『文學類型』的眼光來看，中國的小說以最寬的標準來論，可推至魏晉時代。」必須給予推翻。

（刊于六十八年六月二、三日，人間副刊）

陳子昂感遇詩三十八首分析

唐初文壇，陳子昂無非是一個異端，他的作品一洗齊梁粉黛膚淺的疵病，而以豪蕩蒼涼與深刻有力為追求鵠的，誠如盧藏用序拾遺集所下的評騭：「崛起江漢，虎視函夏，卓立千古，橫視頹流；天下翕然，質文一變」。在他一百七十餘首詩作中，以駿利哀怨，驚心動魄的感遇三十八首為最勝，這一組詩作，藝術成就最高，同時最能具體呈示他的風格和方向，職是之故，稱之為陳子昂的代表詩作，應該無可厚非。本文所欲嘗試的，即是盡最大的熱忱著眼于字質和結構（Texture and structure）的分析，挖掘這一組詩的諸多特色。

一、疊字與常見的字彙

㈠疊　字

疊字形式的美學基礎可以釐分爲心理學、數學、音樂三個層面順序展開說明。心理學家一致肯定：刺激與反應間的感應程度，緊隨刺激次數的增加而獲得強化的機會，根據這項理論，足以推想疊字能夠促使印象烙深，感應力直接、益增。站在數學的角度來看，疊字無疑具備「多數」(multiplicity)的性格，它很能喚起相當程度的感情，和令人滿意的廣延效果，這是桑塔耶納（George Santayana）在「美感」(The Sense of Beauty)一書中透露的消息。事實上，疊字在古詩中最主要的功能是，產生優美的節奏(rhythm)。疊字乃是利用反複與重疊的節奏形成的基本原理，來取得聽覺官能的舒適。

陳子昂感遇三十八首中，疊字顯然是一個鮮明特殊的現象，它的出現次數高達三十一次，三十八首之中，承載疊字的詩幾乎佔有三分之二的這種情況，充分表示陳子昂深悟上述疊字的諸多好處。

在更深的層次裏，可以發現陳子昂運用疊字的奧妙的企圖，即是所謂「義本于聲，聲即是義」的理論的發揮，以下只是抽樣的引證：

茫茫吾何思，林臥觀無始。（第七首）

首句中的疊字除了描狀客觀事象以及主觀理解的切斷（即不知）外，由於「茫」本身具有舌根鼻音aŋ，與「汪、洋、浪、漾、荒、滉」等字毫一樣，尙涵蘊廣大遼闊的三度空間和自然界動宕不安的深層意旨。依照王力的理論，「茫」還代表「有關黑暗的概念」❶，頗利於陰翳氛圍的烘托。足見陳子昂勢必刻意藉「茫」字來暗示其置身於無涯、幽黯的空間中，迷惘無恃的感受。第二個具體的例子是：

灌園何其鄙？皎皎於陵子。（第十八首）

陳子昂巧妙地遣用高士傳：「陳仲子，齊人，楚王聞其賢，遣使至於陵聘仲子。仲子謂妻曰：『意可乎？』妻曰：『亂世多害，恐先生不保命也。』于是出謝使者，遂相與逃去，爲人灌園。」的典故，而自我認同陳仲子。「皎皎」固然本義是潔白，象徵清高不俗的節操；另外在抽象的概念上，亦隱含退避斂縮的意思，誠如劉師培在正名隅論中所說的：「侯類、幽類、宵類之字均含詰屈捲束之義。」，陳仲子不願仕宦而甘於避世隱遁，「皎」字似乎觸及這一層意旨。其他尙不乏例證，譬如：

芊蔚何青青。（第二首）
青青成斧柯。（第十二首）

斧柯始青青。(第二十二首)

這三句詩中的疊字隸屬青韻，依遵劉師培聲義相通的說法，「青」頗能模擬植物向上滋長的動作。關於聲象乎義的理論，在後面的討論中會給予更多提示的機會。

在這羣疊字裏，「悠悠」的出現次數實居首位，凡有五處之多，這疊字於子昂其他詩作中亦屢見不鮮，像他的千古絕唱「登幽州臺歌」即是刻意借重「悠悠」來表達他所面臨的時空和心情。「悠」字根據說文解字注，原來指的憂愁的心態，在段玉裁的觀念裏這是「悠」的本義，後來方才假借爲長遠的意思，字通一書也持有類似的觀點。子昂擇用這個字眼，迫令它超越通用的語意層次，而躍入語言外向功能的極致領域，非特足够報告他所面對的浩瀚的外在時空，同時也意味內在情感世界，巨大無盡的哀慟：

閑臥觀物化，悠悠念無生。(第十三首)
臨岐泣世道，天命良悠悠。(第十四首)
幽居觀大運，悠悠念羣生。(第十七首)
故鄉三千里，遼水復悠悠。(第三十四首)
念與楚狂子，悠悠白雲期。(第三十六首)

更進一步地，秉著傅庚生的理論當作準繩，「悠」隸屬尤韻，操縱著「悠徐忉怛」❷的情愫。因此足見「悠」字所饒富的繁多意義和功能，委實不容忽略。陳子昂使用「悠」時，往往讓它以衍聲複詞的姿態演出，目的除了掌握疊字的優點外，更有助于以音聲強調時空背景的冗長空曠，以及蟄伏在心中的憂怨的連綿不窮。

(二)常見的字彙

陳子昂對於以有限表露無限，寓無形於有形，換言之，操作比喻、象徵等修辭格來呈示多樣性的知性和感性，極度專擅；這項長處加以他對意義空間格外龐然的字眼的經常使用，俾令感遇詩中的字彙、意象在催促主題呈現與統一連貫的藝術效果上，皆擔任輝煌的建設性的角色。下面試圖提供一個統計表，並且從統計學出發，給予常見的字彙一番扼要的分析，朝向上述論點的核心邁進。

常用字眼	出現次數	常用字眼	出現次數	常用字眼	出現次數
堯	3	雲	16	登	4
聖	5	道	13	天	11
悠	11	日	10	地	3
崑崙	3	時	17	白	14
死	3	空	7	嘆	5
生	11	觀	9	望	4
孤	7	涕	4	古	6
瑤臺	6	芝	3	何	23
誰	11	幽	9	化	12

事實上，果若肯再稍微拓寬範距，以「意義相近」爲原則來展開調查、歸類，其結果不止表中的數目乃是預想得到的，例如單就「孤」字而言，似乎還可以添上「獨」字兩見和「丁零」兩見：

幽獨空林色。（第二首）

索居獨幾日。（第三十二首）
蒼蒼丁零塞。（第三首）
西馳丁零塞。（第三十五首）

何況表中數字僅只就感遇三十八首歸納的記錄，這些字迭見於子昂其他作品中，它們地位的重要性自不待言。

由於這些熟稔的字眼本身經常爲歷代文人使用而萌生約定俗成的某種意涵，換言之，它們泰半業已形成爲携帶相當於原始類型（Archetype）意旨的「套語」（Formula），特別蘊含共通的篤厚的感情與超乎言外的意義，陳子昂顯然體認這些字的好處而經常操縱它們。職是之故，針對這羣字彙進行一連串沿波討源的闡解作業程序，不難追踪到陳子昂詩境中母題（motif）的內涵、時空意識與表現、心靈歷程、理想與神話世界。

甲、母題的內涵

魏晉時代在中國歷史上毋寧是外有異族侵犯而內有政爭篡奪的動亂時代，生活在這種黨同伐異、勾心鬥角的板盪時代，滅門之災以及殺身之禍無疑是重重疊疊的恐怖陰影，這些陰影加上當時頗流行的莊老玄風的影響，促使文人爲了保全性命、逃避現實而寄情於山水，隱居於世外桃源。因此，這一時期文人的田園、山水、遊仙、詠懷等作品中，開始大量湧進既直接描寫登高遁世，潛心觀望，同時又暗示時空狀態，以及其他諸多用意的動感意象（kinesthetic imagery）：「登」「觀」、「望」等，這些動感意象似乎自此時期正式一躍而登上普遍的母題（motif）的寶座。

陳子昂繼承魏晉文化的餘緒，一方面備受他的業師潘體玄神仙思想濡染，另方面躬逢闇昧寝危、奸佞淫虐的亂世，職是，他的感遇詩篇經常冒出「登」、「觀」、「望」等母題，乃是不足爲怪的現象。

類似「登」的行爲的字在感遇詩中固然不少，這裏只以「登」字爲代表加以探索。「登」字在上陞的動作陳述的同時，亦埋伏著避免且超越某種環境，努力提升自身的喻示。視野的擴展、精神領域的開拓，連同高出於適才說過的低下卑微的塵世、擾擾芸芸的眾生的多層意味，均能滙聚於：

登山見千里。（第三十五首）

登山望宇宙。（第二十二首）

等容有登高動作的詩句畛域。

在感遇詩裏緊隨「登」而來的，大抵是「望」或者與「望」相近意義的字眼，上面提到的第三十五首、二十二首詩句，正好可以證明這點。另外從下列這兩個例子也可以發現這種事實：

登山望不見，涕泣久漣洏。（第三十二首）

竭來高唐觀，悵望雲陽岑。（第二十八首）

釋名釋姿容：「望，茫也，遠視茫茫也。」，劉熙的這層說法加上許慎說文：「望，出亡在外望其還也。」，卽獲致較爲圓滿的解釋，從而可以發現：「望」無非是陷入廣大茫邈的空間裏的一項「視」的行爲，與「希望」、「盼望」、「渴望」這些意志和期待造成意義共存的情況。姑不論期待行爲的久暫，它們都屬於在時間律動中進行的動作，所以，顯而易見的，「望」本身也有暗含時間的冀圖。陳子昂生當亂世，懷才不遇，然而他自始至終保持著昇平盛世失而復得的迫切「渴望」，「望」字屢屢出現，在在透露出這份情懷，通過這層分析，不難洞悉陳子昂使用「望」字的原委。

接著要討論的對象是「觀」字，這個舉足輕重的字眼，根據許慎說文：「觀，諦視也。」以及穀梁傳所指稱：「常事曰視，非常曰觀。」，足見其意義與一般的「視」的區別所在。段玉裁則更進一步地加以闡釋：「物多而後可觀。」，陳子昂的「觀」勢必是通過這三家說法而加以遣用，這是僅從所有感遇詩中的「觀」字上下文審視，卽能獲得的肯定的斷語。子昂用字往往經過深思熟慮，其用字之精當與確切，於此可見一斑。

曷見玄眞子，觀世玉壺中。（第五首）
吾觀龍變化，乃知至陽精。（第六首）
林臥觀無始，衆芳委時晦。（第七首）
吾觀崑崙化，日月淪洞冥。（第八首）
深居觀元化，悱然爭朶頤。（第十首）
探元觀羣化，遺世從雲螭。（第三十六首）

「觀」的態度是「非常」細心，而「觀」的對象，則由體積龐然或者數量繁雜的事、物來擔任，充分掌握段氏「物多」這層意義。更進一層，從多件著「觀」而來的「化」字發現一件不可諱言的事實：「觀」除暗示空間動態外，還與「望」雷同，含有時間律動的意味；因爲「化」除忠實表露物狀變遷而外，尚涵括強調變化的意味，而變換遷移歷時不論長短，皆需牽涉到時間，無一不是時間之流裏的一種表象。附帶的，從「化」字亦可知曉子昂具有玄學修養。

考察的收獲是，令「登」、「觀」、「望」所包容的意義的豐繁性更具體更凸出。進而明瞭子昂對時間、空間的敏感，與對人生、歷史的體悟，轉而冀求一個理想世界來救濟唐初衰微不堪的現實社會的意念，都投入這些常見的「母題」再傳遞出來，這些「母題」令人意識到作者所要交代的普遍意旨與感情，魏晉詩人或者陳子昂的作品頻頻出現這些母題，顯然具有上述多重作用，從這些母題，頗能窺見詩人對現實的不滿，對理想境界的渴求，與神仙玄術的造詣，甚至，還能探察出作者的時空意識。以下便打算更深入、具體的討論詩人的時空意識。

乙、時空意識與表現

將可能引導視野趨向宏大深遠的自然意象，與渺小細微的人文意象並置，輒會萌生強烈的戲劇性張力。在這種對比被特別強調的情況下，外在的自然意象經常向內伸延成人的悲劇情境。陳子昂感遇詩中遼闊的空間意象，皆爲哀傷的情緒所渲染的現象，正好可擷來證實這種理論。

陳子昂總是在他所面臨的紛紜的自然空間的景象裏，細心挑選格外能暴露無止盡的淒愴心境的意象置於詩中。在感遇詩裏，頗能與他個體存在造成尖銳對比的空間客體，俯拾皆是：峯壑、天、西溟、邊州、溟海、沙場、宇宙、單于臺、林、丁零塞、山、長城、雲海、漠南、鴻荒、荒途。即使孤立存在，這些足以稱之爲普遍的意象，業已具備磽薄荒涼的性質和價值感情，一旦躍進詩中與其他組成分子密切結合，無疑愈發能顯出特性，其意義範疇也因而獲得拓大的機會。藉賴實例的說明也許較能進入這項理論內裏。下面試以在空間意象羣中演出機會最繁且單位最大的「天」字爲切片，從事抽樣的觀察。

對「天」的觀念在中國傳統上大概不超出許愼：「天，顚也，至高無上。」或者劉熙：「天，坦也，坦然高而遠。」❸的範圍，「高」的垂直面與「遠」的縱深同時呈現，展露出「天」的茫茫浩瀚的空間，感遇第三十一首的「晴蛉遊天地」，或第一首的「太極生天地」，代表這層意思。事實上，它同時成爲毫無形體但卻永恆存在于流動之中的「命運」，換言之，無法頡頏不可逃避的神力的化身：「天命良悠悠」（第十四首）。而「況乃金天夕」（第二十二首）的金天（秋天），則透露出「天」字兼容時間季節的指涉，再深一層的探究卽是，「天」與「地」一樣象徵「創造力」，這種由西洋的「原始類型」理論所獲得的意義，在中國字源學或哲學上照樣可獲致圓滿的印證❹。持著中國文字學、哲學的角度對「天」全盤分析而附帶的意外發現居然是，這些說法恰與「文學欣賞與批評」❺一書爲「天」所列的諸多象徵意義不謀而合。「天」這個空間復兼時間的意象，具有如此多元的意義層面的理論基礎，至此更加根深蒂固。

陳子昻個體的存在，每每遭遇這個負荷無比創造力、無從抗駁的神力、暗示巨大空間與生命的消長等多元意義的「天」，更凸顯得渺小卑微。這種強烈的對照手腕，無形中釀造一種高度的悲劇情懷，一種無邊的畏懼、哀憫與孤寂感。這些紛雜的心緒，在時間的對比局勢上亦經常湧現。

感遇詩中明顯的代表時間以及足以暗示時間律動的意象亦層出不窮，如月、日、暮、古、青春、桃李、蘭、秋、春、晚、歲、霜、昔、今、玄蟬等，都是順手拈來的極佳例證，它們在詩中所扮演的多半不是簡單意象的角色，相反的，乃是把握著豐富意義的複雜意象。

「日」和「時」乃是比較的能明顯主宰時間流動的意義的字眼，統計表上此二字出現的次數顯示：這兩字在洞察子昂的時間意識上具有決定性的能力。這是把考察的對象放在「日」、「時」上的主要理由，至於果能由此片面的考察以概其餘的有關時間的字彙，則是最大的寄望。

其實，「日」還可區分爲三種情況而言，「日月淪洞冥」（第八首）、「白日隱西隅」（第三首）等句中的「日」表示物性及太陽的實體形象，這是本義。但整句「白日隱西隅」則表示時間狀況的某一定點，卽等於傍晚時分。而在「昔日殷王子」（第十四首）、「索居獨幾日」（第三十二首）等詩句中「日」無非是數量名詞，這個「日」乃指的將時間分割成二十四小時一單元。然而儘管在任何一種情況出現，「日」都帶來「時間與生命的推移」❻的多端象徵乃是無庸置疑的。

至於「時」字乃「从日寺聲」❼，從「日」形成的「時」自然同「日」甚具關聯。「時」本來作爲「春夏秋冬」季節的大單元，它包涵時間的律動較爲廣泛。在感遇詩中，類如：

> 衆芳委時晦，鶗鴂鳴悲耳。（第七首）
>
> 已矣行采芝，萬世同一時。（第十首）
>
> 豈無感激者，時俗頹此風。（第十八首）

白日每不歸，青陽時暮矣。(第七首)

這幾聯中「時」字所引發的意義與「日」同樣繁富，不容忽略。時間的意識似乎無所不在的迴轉在子昂腦海與心底，這是僅從「日」、「時」分析調查卽可獲致的肯定。人生的短暫與易趨幻滅的事象，置入永恒波動不定的時間洪流，兩種基項並列排比，立刻反映出深巨無垠的悲劇感，這種經濟有力的對比形式，成爲陳子昂表露飄萍拔根、悸悶不快與稍縱卽逝的生命的主要技巧之一。另外，陳子昂習用的時間的對比形式還有頗傑出的今昔之比，例如：

雄圖今何在？黃雀空哀吟。(第二十八首)

昔稱夭桃子，今爲春市徒。(第十五首)

招搖青桂樹，幽蠹亦成科。(第十二首)

時間在這些詩聯中不是絕對的，反之，屬於強烈的相對的。相對的時間形式，往往以物或人爲基準作批評性的比較，前一聯以荊王的雄偉版圖爲基準，來比較楚與唐代的黃雀。第二聯顯然以人爲基準，比較今昔身分職位與所處文化環境的不同。第三聯則是以桂樹來比較今昔枝葉的不同。這三聯的戲劇張力端在于「既是同，又是異」的基礎上，同是「版圖」，卻是不同的「黃雀」；同是「人」，卻是不同的地位；同是「桂樹」，卻是不同的枝葉：以前枝葉青綠而茂盛，如今淪于枯黃空洞（「科」卽是木中空的意思）。這種逆轉形態，充滿諷刺性。詩人飽受這些衝突情境的教導，最容易感知時間的冲擊力和物理世界的轉變，而意識到自我存在的意義、價值和目的。

以上是分別就空間意象和時間意象作個案鑽研，事實上，時間的連續推移和空間的廣袤在感遇詩中往往一起並呈，或者以互補互化來釀成時間的空間化與空間的時間化的姿勢出現。這兩組意象羣匯結構成一首詩的重要分子時，其詩中呈露的對比最能遂成發洩激盪的情緒和多重意旨的責任，從下面這首詩足以覷出端倪：

微霜知歲晏，斧柯始青青。
況乃金天夕，浩露沾羣英。
登山望宇宙，白日已西暝。
雲海方蕩潏，孤鱗安得寧？（第二十二首）

這首起於對時間的「察覺」，而終於對空間的「警覺」的詩，洋溢著暗示、對比原則和高妙的修辭技巧。首句卽已能見出陳子昂的匠心獨運，「微霜知歲晏」最好的解釋還是讓「微霜」擬人化，則下接以屬於知性的靜態動詞：「知」，很能將在察覺「歲晏」之頃寧靜而不安的心理狀態投射出去。這五個字象徵鬢髮霜白的老人暗暗察知衰老幻滅而深感不安的情況。事實上，這恰好是陳子昂當時的心態，他很能巧妙地將這種心態借第三人稱的「微霜」委婉道出。這首詩結構十分嚴謹，從這作爲導火線的起句開端，無論在顏色，心智狀態，視野或向度上，都逐漸發生變化。而這種種變化，無一不通過擔任橋樑連繫或者「逆轉」地位的「登山」而「望」的母題，方才圓滿達成。在光線、色調上，由貼體冷涼的霜白、露白、青青，經此「轉捩點」而轉入嚴重的陰暗畫面的結局：「白日已西暝」；在心緒狀態上，自「知歲晏」較爲細膩寧靜化的憂愁，淪于巨大紛亂和徬徨懼怖的心情：「孤鱗安得寧?」，自尚存一絲盼冀（望）直到歸根結底整個企圖澈底毀滅，「孤鱗安得寧?」這句帶有疑問語氣的論斷句，其實已展示否定的一面。就視野而言，乃是由近景鏡頭退居遠景鏡頭，拉出巨大的空間：「宇宙」、「雲海」；在動作向度上，表示由平地陡登至高山，即使從韻腳的展示也能證明空間動作，根據劉師培正名隅論的說法，本詩所押的青韻，在古代與眞韻通用，有「聯引、抽引上穿」的意義。

這些在在暗示時間流盪、空間遷移的逆轉過程，可以說，即是詩人懷抱希望而「登山」期「望」，卻失望、落空的掙扎過程。值得注意的是，這些足以喚起崇高的強烈感情的困厄歷程，復皆很巧妙地被安排在秋天（金天）的季節及落日時分中進行。秋天和落日在弗萊（Northrop Frye）的理論系統隸屬同一期，它們所佩備的意義如下：

日落期，秋季及死亡階段。關於秋天，垂死之神，橫死與犧牲，以及主角孤獨的神話，配角有叛徒與妖女。此屬悲劇與哀歌的原型。[8]

通過弗萊的理論，愈能洞燭這些歷程在變動的時空元次中「惡化」的程度。霜、露與雲海這些溫度意象給人切膚寒涼的感覺，一方面它們都象徵善變、殘酷無情。因此將「浩露沾羣英」解作忠臣遇難，賢士難安，並不牽強附會，亦符合舊注的說法。「雲海」亦象徵廟廷中的惡勢力，孤鱗則比喻忠臣如子昂者，足見詩人善用比喻及象徵技術之一斑。必須再加以說明的是，「孤」字在感遇詩中共出現七次，孤字其實不單包含「唯一」的意思，它不免有表示「孤寂」、「寂滅」的可能，這首詩中「孤」字特別具有「雲海」即將淹沒「孤鱗」這層暗示。詩人最後所面對的，乃是由時間的遽逝與含有流離不止的意味的「雲海」、空曠無垠的空間意象：「宇宙」等組成的時空狀態，詩人與之相形之下見絀，更顯得如蟻蜉般微不足道，甚至旋將消杳無跡。關於時空意識與表現，以上只繪出輪廓而已，在後面第二節中，當會再給予更透澈的辨析和深入其紋理。

丙、心靈歷程

陳子昂身陷于武后專政、諸武擅權的頹世，備受構陷排擠。使他在心理上產生遭擯斥的孤獨感與挫敗感。這些繽紛紊雜的情緒，完全被他動輒堆砌的「幽」、「孤」、「嘆」、「涕」及其他性質相似意義相仿的「語義類型」，和盤托出。這些情緒，加以他對人類生死、歷史舞臺的榮華潰滅、事物興衰的無常性相格外敏感使然，迫令他產生萬象皆虛幻的消極觀念。子昂喜愛使用「空」字，顯然與這觀念息息攸關。

眷然顧幽褐，白雲空涕洟。（第三十三首）
塞垣無名將，亭堠空崔嵬。（第三十七首）
青苔空萎絕，白髮生羅帷。（第二十六首）
豈圖山木壽，空與麋鹿羣？（第十一首）
空色皆寂滅，緣業亦何成？（第八首）

這些「空」字都能將對於那些在幻覺上泯沒實則仍然留存的事物，所喚起的無奈的價值感情和觀念表白無遺。這個最能反映詩人的心情樣態的字，其實是一種矛盾語法（paradox），本身業已潛藏一股張力，它在以複面的呈示來宣洩複雜萬狀的心理上，頗能贏得高度的效果。

自然現象與人文現象變換、惡化而止於破滅的史實，還有在現實塵世中一番經世雄心無法如願以償的緣故，促使陳子昂油然生起隱逸的心理和實際行爲，他企圖突破諸多桎梏的強大壓抑，去追尋一片足以發洩滿腹牢騷和寄託理想的永恒的樂土。當然，這種觀念、行動，也基於他的玄學修養和魏晉文人所遺留下來的隱逸風氣。

他一心尋求的崇高無上，完美無瑕的畛域，乃是超自然超現實的神秘奧妙的世界。古代太平盛世與神話仙境便是這神秘世界一體的兩面。

由統計圖表上「堯」、「聖」、「古」、「道」等字的層出不窮，極易了解古代昇平瑜美的治世，始終是陳子昂夢寐以求的至高境界：

堯禹道旣滅，昏虐世方行。（第十七首）

聖人去已久，公道緬良難。（第十六首）

聖人教猶在，世運久陵夷。（第二十首）

大運自古來，孤人胡嘆哉？（第十七首）

在這些任意舉出的詩行中，一些象徵安康祥和的淨土的意象，亦爲歷代騷人墨客廣泛地運用，文人時常利用這些固定型式來表達共同的內心深處意志的方向，可以說，它們業已躍居「普遍的象徵」（universal symbols）或者如前面曾提及的「套語」地位。即使在屬於私人的、偶發的情況下出現，也能肯定這些字眼饒富高潔、聖美等象徵意義。從這個角度來揭櫫染有儒道色彩的陳子昂，對三代社會的那份懷念和著迷，根本無可厚非。根據這些基本理論，進而剖釋與「堯」、「道」、「聖」、「古」同樣隸屬一個系統而異貌的「芝」和「白雲」、「瑤臺」、「崑崙」等意象應該能博得同情。

「靈芝」在古人心中，無疑是一種可嚐食而藉以登仙入道的藥草，因之它的象徵意義不言可喻。子昂以「芝」爲象徵時，同時也暗示他的內在經驗與「芝」這種植物有著相同的特質。「芝」在子昂心中的份量，以及子昂對它的認同，尤其可自感遇第三十六首窺見：

夢登綏山穴，南行采巫芝

采芝的行爲和芝本身在子昂心目中的重大意義，由「夢」字的呈現而透露出消息來。佛洛伊德認爲「夢」是「願望的達成」（wish-fulfillment），更精確的說，現實生活中未克遂行的願望，往往在夢境中顯現，得以完成。中國也有類似的論調，例如：「晉，樂廣曰：『人未嘗夢乘車入鼠穴，搗虀噉鐵杵，以無想因也。』自樂論之，則凡夢皆出於想爾。」❾采芝的願望在子昂夢中顯現遂行，足見芝的重要性以及子昂對芝的嚮往。子昂日常生活上不如意的心緒，在夢裏藉現實生活中所未能達成的「采芝」行爲而得到發洩，他的抱負和理想亦因此取得安撫和補償。「芝」的地位和價值，從感遇第二十首中，照樣能揣測出來：

去去行采芝，勿爲塵所欺

「塵」顯示低微惡劣的一面乃是眾所週知，同時它具有如「誰言未亡禍？塵滅成塵埃」（第三十五首）所顯示的，破滅而不長存的意涵。作爲隱喻的「芝」在這聯中，與「塵」對照而產生嶄新的意義效果，它代表崇高優美永恒的一面。子昂在深深體會「芝」的特性之餘，迺成就這個強烈的對比形式，有意將「芝」的地位和價值相對地擢高。「芝」另外尙出現在「已矣行采芝，萬世同一時」（第十首），雖然前後僅出現過三次，但其意義委實絲毫不容鄙視。將它歸宗于神話意象類型，是有相當的理由。

陳子昂操作「白雲」意象，同操作「芝」一樣，懷有令「白雲」更拓大意義範疇的企圖。

念與楚狂子，悠悠白雲期。（第三十六首）
宿昔感顏色，若與白雲期。（第三十二首）
荒哉穆天子，好與白雲期。（第二十六首）
吾愛鬼谷子，青溪無垢氣；
囊括經世道，遺身在白雲。（第十一首）

陳子昂喜愛將秀美的事物或飄然不羣的人物，和「白雲」這個套語相提並論，大概意在於讓「白雲」象徵高潔淨的精神境界，「白雲」在這些句子裏，由於象徵高潔的形容詞：「白」的限制，反而能在強調物性之外，大有增益意義的作用。使「白雲」陪伴「芝」，携手突破狹窄的意義桎梏，搖身變爲具備豐盈意旨的意象，而與一般如「窮岫泄雲生」（第二十九首）、「雲海方蕩潏」（第二十二首）中具有飄忽不安，瞬息遽逝的指涉的「雲」大異其趣。

「芝」與「白雲」在感遇詩中，會合「青鳥」、「崑崙」、「玉山禾」、「玄鳳」、「瑤臺」等神話意象類型，組織一片神話仙境。這些神話意象已是一種象徵，擔當弗萊所謂的「普遍的意義」的使命，作爲永恒光明的淨土的象徵，以引發出共同的神奇奧妙的觀念則遊刃有餘。

這片神話仙境與古代昇平盛世處於無限的時空中，而爲陳子昂積極追求的鵠的，實則它們是二而一、一而二的精神境界，陳子昂過份希冀依賴它們來寄託理想和達到解除心底多重悒鬱的目的，然而，陳子昂的哀愍、理想是否確能獲致解決和安置的機會？

這個問題的答案顯然是否定的。從各種角度觀測，陳子昂都隸屬標準的悲劇英雄，換言之，乃是富有高尙美德與堅毅意志但性格上不免有孤僻、脆弱、固執等缺陷的典型矛盾人物，其末途則充滿不幸。陳子昂身上所充滿的矛盾，從他在宦海浮沉中的掙扎奮鬬行爲可明確看出：陳子昂一方面備受異黨擯斥而自憐自怨，甚至企圖避禍逸隱，不理政事；一方面又極不甘屈服，迺千方百計爭取筆直向上的良機。當這種循環反覆式的歷程的結果，是遭遇不可避免的不幸時，他心中的痛楚懊喪愈發抵達極點。陳子昂經常使用「涕」、「泣」來宣洩這種沉痛，說文解字云：「涕，泣也」又云：「泣，無聲出涕者曰泣」，「涕」與「泣」同義，皆是無聲的宣洩悒悶的表象，陳子昂的哀慟可以想見。

即使就希企隱逸的歷程而論，也能探討出他患得患失的心態和矛盾的個性。他夢想神話仙境和三代樂土降臨，但實際上，往者已矣，三代樂土絕不可能重返他所處的亂世，神仙淨土亦僅止於想像，他對這遙不可及的境界的虛幻性心裏有數，職是之故，在知其不可爲而爲之的尋訪理想境域路途上，他所採取的無非是：既盼望獲得又懼怕落空，同時猶念念不忘現實世界的態度。這種具有神經質的矛盾心理，使他無法征服內心的孤寂，並無法和穿梭在他詩中的鬼谷子、玄眞子、陳仲子、許由等泰然自得的歷史人物站在同一線上。

澈底了解陳子昂的個性和心理以后，再回頭看前面提及的「登」、「觀」、「望」、「幽」、「孤」等字眼，它們所負載的悲劇情感成分更濃，而且更具體地向外迸射出來。

歷史的衰亡、時空的劇烈變易、人類物體的短暫易逝與陳子昂本身的不得志，再加以他的矛盾性格、心理，使他處處顯示不平的抗議和焦慮的詰問。他詩中層出不窮的詰問句以及「何」、「誰」等疑問詞便是這種情況下的產物。感遇詩中所含有的疑問句，俯拾皆是：

一繩將何繫？憂醉不能持。（第二十首）
空色皆寂滅，緣業亦何成？（第八首）
骨肉且相薄，他人安得忠？（第四首）
咄咄安可言？時醉而未醒。（第十七首）
豈不盛光寵？榮君白玉墀。（第三十一首）

統計結果，單是「詩末」附有詰問結句的詩，達十九首之多。詩人多在描物詠景之餘，感慨萬端，觸景生情而發出疑懼、感嘆和充滿控訴的詰問尾聯。可以說，這種論斷式的詰問尾聯，多是聯繫詩人自我與宇宙的關係的主要媒介。透過這層聯繫，詩人更能認清外在的客觀物象的輪廓，非但如此，亦察覺自我和宇宙的關係。而這種針對宇宙萬象與自我的深刻反省和醒悟，往往是詰問尾聯中的主觀情緒和疑懼心理催生的主力。試看感遇第十三首：

林居病時久，水木淡孤清。
閑臥觀物化，悠悠念羣生。
青春如萌達，朱火已滿盈。
徂落方至此，感嘆何時平？

前六句是屬於體物陳述部分，末聯則是詩人認知外在物象變化（物化）及由春天旋轉入夏天（朱火）的時間的流逝，察覺事物趨于破滅凋落的事實而引起的感物詠志，詩人由外在客觀物象聯想自我，並對自我反省，而成就充滿疑懼傷歎的詰問尾聯。

詰問句型的產生，在感遇詩中，多基于十一見的「誰」和二十三見的「何」二個疑問詞，其中以「何」最爲突出，又因爲「何」與「誰」同義，「誰」乃自「何」借義：「何，儋也。……一曰誰也，此借義見言部誰下。」[10]，所以這裏只就「何」進行分析工作。

古代遺留下來的甲骨文資料顯示「何」的原始構造：[illegible]、[illegible]，象人擔當物體之形。漢書外戚傳裏顏師古闡注「何」爲「任也，負也，通作荷。」這是「何」的本義，後來引伸爲問辭，衍變的理由，吳楚在說文染指中有着明確的詮解：

今案丂部，可，肎也（肎俗作肯）。肎者願詞，凡人之於事，不可則歫之而不受，可則任之而不辭。何从人可，是受而任之也，此从可之意也。……引伸之何，又爲問辭，其轉移亦非無故，蓋遇事骫骳者人之常情，竟以儋何爲已責，則難之也。故始則鄭重其義，以爲能；繼則疑難其詞而弗決。[17]

從這段話，得到一個啟示，卽是「何」一經假借而居于問辭地位之際，本義仍然可以存留。循此陳子昂用「何」的目的至少可以分兩點加以說明：一、代表詩人本來自願負載不幸的重擔，最後由于承擔不起而提出抗議和責難。二、意涵詩人被許多莫名其妙地加諸身上的不幸，壓得喘不過氣，而發出抗議和不甘心的質問。然而無論出于自願或者不自願，陳子昂身上的多重負荷始終沒能獲得卸除的機會。了解這一層，「何」字所包容的悲劇成分遂更加濃厚。

再進一步，從「何」、「誰」及詰問句的屢見，可以推想陳子昂乃是約在下列三種情況下使用這些疑問詞、句。如「羣物從大化，孤英將奈何？」（第二十五首），顯示這疑難出于詩人既不知結局如何復束手無措，不知如何處置的情況。至於對已確能認淸的結局提出抗議和責問的情況是：「何知七十戰，白首未封侯？」（第三十四首）或者「歲華竟搖落，芳意竟何成？」（第二首）。第三種情況是，因結局處於可能與不可能破滅間的含混狀態而採取了懷疑態度：「崑崙有瑤樹，安得采其英？」（第六首）、「蜀山與楚水，携手在何時？」（第三十二首）。

經過上述對詰問詞、句的討論，更能認識陳子昂心靈歷程上所瀰漫的矛盾、諷嘲、疑慮和深悲巨痛。在某種意義上，下面這一聯似乎可以作爲陳子昂一生的側寫：

登山望不見，涕泣久漣洏。（第三十二首）

滿懷的期冀（望），向上進取（登）的下場是，絕對的虛無（不見）和最大的苦楚（涕泣久漣洏）。

二、完整統一的組詩

誠如柯列律治（Samuel T. Coleridge）所言，詩的形式大概能區分爲兩類：有機的，內在的，自我生長的意象羣，與音調、其他細部密切搭配而成井然有條的秩序，這是一種。另一種屬于機械的，外在的形體，例如七言五言、律體絕句或平仄韻脚，甚至亞里斯多德的三一律等都被這一類所統治。而正當這兩種涇渭分明的形式相互呼應，願意作高度圓融的結合，同心協力邁向共同的內容情思和主題意旨時，完整統一的文學結構於焉誕生。子昂感遇詩幾乎都是在這種優良的情況下造就成的。本大節的研究方針，以這種結構的討論爲主要焦點；另一個焦點置放在觀察首首之間的共通性，換言之，促使感遇三十八首形成完整而統一的「組詩」的一些基本因素。在解析工作進行中，前面陸續提到的論調，順便給予重覆溫習的機會，以便試驗那些論調本身的可靠程度、強度和耐性。首先是第二首的解析：

蘭若生春夏，芊蔚何青青。

幽獨空林色，朱蕤冒紫莖。
遲遲白日晚，嫋嫋秋風生。
歲華盡搖落，芳意竟何成？

同第二十二首相彷彿，這首詩亦具備嚴密的外在形式。充分滿足亞氏對三一律的要求。自下列各種不同的角度審視，不難窺得詩人謹愼地編織起承轉合次序的苦心。由青而轉入暗（白日晚）乃是顏色光度的轉變；其自然現象中的動感意象是，從「生」長而歸趨於「搖落」（死亡）；就季節時間的流移而言，則是自「春夏」進而面臨「秋」；在心理層面來說，顯然是首先希望終於絕望的歷程。這些構式通過「逆轉」，顯示良辰美景被現實戮破粉碎的慘痛經驗，長久期望的結局，唯剩下滿地落花，徒然點綴淒涼。前三聯是體物、寫物，詩人從外在客體的興衰步驟獲致教訓和反省的機會，向「蘭」認同，繼而爲凋落現象而興起感慨及抗議、質詢。「遲遲」這個衍聲複詞象徵時間的流動迂緩，和暗示詩人步向死亡之前內心掙扎的冗長和激烈。這首詩由興迄衰逐步細細描述，前一意象生出後一意象，意義則一層深似一層。基于意象放射出的情思意義的彼此類似，使這些意象互相緊緊綰合一起，通過弗萊的「日落期，秋季及死亡階段」，這些意象突然拓大語意範距。關於「日落期，秋季及死亡階段」所帶來的紛繁意義，在第二十二首的解說時，已有詳細的申述。值得注意的是，「日落」（白日晚）尤其具有多面彈性的語義。「白日晚」與「白日」不同，它除了描狀太陽實體與傍晚時刻的陳述外，日下降而趨於消杳的空間動作，暗示生命本質在時間流逝中稍縱卽亡這一層意義，蘊含形體活動的短暫易滅的悲劇性，這是站在以「日」比喻人的立場而言，同時配合西洋原型的理論，在氛圍的經營上，落日使光線顯得模糊黯淡，引發出不安的感覺，例如：

白日每不歸，青陽時暮矣。（第七首）

登山望宇宙，白日已西暝。（第二十二首）

以「落日」爲主要象徵的手段，同樣出現在下列詩中：

蒼蒼丁零塞，今古緬荒途。
亭堠何摧兀，暴骨無全軀。
黃沙漠南起，白日隱西隅。
漢甲三十萬，曾以事匈奴。
但見沙場死，誰憐塞上孤？（第三首）

無可諱言的，這是很能緊湊結合死亡、戰爭與蠻夷異族為主題的典型「邊塞詩」，在感遇詩中，屬于這類文體的尚有第二十九、二十七、三十五、三十四、三十七等數首，它們的題材泰半集注于冷漠荒涼的邊塞環境的描繪，陳述征天離鄉背井的苦痛和疾病，以及戰爭的悲慘場面。漢代的樂府詩也曾一度出現這些題材，但並非鄭重強調邊塞的主題內容，因此，可以說，邊塞詩的大量湧出和發展到顛峯階段，還是要等到唐朝，陳子昂這些從高壯中傳出哀怨之聲的邊塞詩，在促進這種文體完美形成的努力上，實在有其不可磨滅的功勞。李舟在序獨孤常州集時說：「天后朝，廣漢陳子昂獨泝頹波，以趣清源，自茲作者稍稍而出。」，單就邊塞詩而言，這番話已十分的當。生於唐初的陳子昂沒料到這種文體居然在他身後，進展神速，波瀾壯濶，在盛唐被王翰、李頎、王之渙、高適、岑參等人發揮到極點。

這首詩第一聯即已提供本詩的時空背景，通過二、三聯的現場的描述以後，時間突然溯回漢代，這些體物陳述中暗藏的主觀情緒在詰問尾聯躍出時，才完全爆發出來。這首詩以沙場為基準，來比較今與昔的「漢甲」，這種藉對比手段來傳遞情感和意旨的對比原理，在本詩中得到高度的發展機會，數量的對比：三十萬與孤，今古時間的對比，詩人與空間對比，生與死對比與光線明暗的對比等這些尖銳的對比形式，乃是使本詩充滿戲劇性張力和諷刺性（irony）的主因，這首詩觸目皆是陰涼幽悽的意象羣：「蒼蒼、丁零塞、荒途、暴骨、黃沙、漠南、白日隱西隅、沙場、孤」，尤其值得注意的是，其中「黃沙」、「漠南」在這裏象徵「精神乾枯、死亡、虛無或絕望」⑫，它們與在邊塞詩中經常出現的冰雪、雲等意象具有相似的象徵意義。本詩的跌宕處端在于詰問尾聯：「但見沙場死，誰憐塞上孤？」，這聯屬于奔行形式，它的好處在于上句的節奏流動得以持續到下句，使整聯十四音節維持統一順暢的節奏，而詩人無限慨嘆和不平也藉此節奏的助益，而宣洩無遺。

即使持著「聲象乎情」、「聲義相通」的理論，來考察其韻腳的使用，同樣能窺見詩人悲傷情緒之一斑。傅庚生認為收音于「烏」或者虞韻的字，都屬於沈重哀痛的音調⑬，本詩韻腳屬虞模韻，恰能幫助哀傷情緒的宣洩。

「聲象乎情」、「聲義相通」乃是自訓詁學原理出發而發現情感、音調與意義具有密切關係，它的可靠性從陳子昂詩作的用韻可獲得有力的支持：

呦呦南山鹿，羅罟以媒和。
招搖青桂樹，幽蠹亦成科，
世情甘近習，榮耀紛如何？
怨憎未相復，親愛生禍羅。
瑤臺傾巧笑，玉盃殞雙蛾。
誰見枯城蘖，青青成斧柯？（第十二首）

陳沆指稱此詩：「傷權幸挾私誣陷士類也。」顧璘則說這首詩意在「歎情愛之生禍也。」即使不依靠舊注，也能感覺這首詩確有一股傷歎幽怨、纏綿悱惻的情緒貫穿其間。周濟在宋四家詞目錄序論指明：「魚歌韻纏綿，蕭尤韻感慨」，的確，此詩韻腳：和、科、何、羅、蛾、柯，均屬歌韻系統，委實能掌握表達這些情緒的職權，而臻及「內呼外應」的高級層次。

從上述周濟的話知曉尤韻的聲情，關於尤韻的聲情，在㈠小節（疊字）的研討時已略微觸及，這個平聲韻部所含具的哀憂感慨，也散發在下列這首邊塞詩字裏行間：

朔風吹海樹，蕭條邊已秋。
亭上誰家子？哀哀明月樓。
自言幽燕客，結髮事遠遊。
赤丸殺公吏，白刃報私讎。
避仇至海上，被役此邊州。
故鄉三千里，遼水復悠悠。
每憤胡兵入，常為漢國羞。
何知七十戰，白首未封侯？（第三十四首）

表面上描寫的對象全集中在遠覊異地的出征的遊子，實則是寫的詩人自身，誠如唐汝詢所言：「此從軍出塞而述戍卒之詞以自況也。」以象徵死亡的秋季，和放眼無際的空間所襯托出的詩中人物的渺小和陰暗面，還有長期流浪他鄉而未能衣錦榮歸的哀傷、感慨，皆依賴尤韻的勢力而傾溢出來。

蕭滌非在「杜詩的韻律和體裁」一文中，透露侵、覃韻適于表達憂愁感情經驗的消息，這種論點，可以從感遇第二十三首得到佐證：

翡翠巢南海，雄雌珠樹林。
何知美人意？嬌愛比黃金。
殺身炎州裏，委羽玉堂陰。
旖旎光首飾，葳蕤爛錦衾。
豈不在遐遠，虞羅忽見尋。
多材固爲累，嗟息此珍禽。

詩人顯然以翡翠這種珍禽自況，他的人格、精神和煥發的才華透過這個比喻而呈射出來。他刻意假借翡翠不能免於禍害的事件，來向自己提出刻骨銘心的警惕，當然，隨這警惕而來的無外乎懷才不遇的憂傷，這首押侵韻的詩特別能提出宣洩這種情緒的場所。

以上所枚舉的，無非是以聲韻描述內在感情的例子。事實上，聲韻本身尚能影射動作，如在㈠小節對「青青」分析時所提到的。此外聲韻還具有積極的模擬外在空間的功用，關於這點，下面將舉兩個實例加以說明。

朝發宜都渚，浩然思故鄉。
故鄉不可見，路隔巫山陽。
巫山綵雲沒，高丘正微茫。
佇立望已久，涕落霑衣裳。
豈兹越鄉感，憶昔楚襄王。
朝雲無處所，荆國亦淪亡。（第二十七首）

這首詩押的是舌根鼻音 aŋ 的陽韻，鄉、陽、茫、裳、王、亡這些韻腳應該可分兩組，一組是含帶固定的處所的意思的字眼，如陽（山的南面）、鄉、裳；另一組則是如前面分析「茫」字時所說的，暗示廣大空間與自然的動盪不定的意義的字眼：王、亡、茫。從這兩組可以獲得一個非常重要的啟廸，即是它們足以象徵詩人陷于恢宏的變動不定的空間裏，而渴望一個固定的處所安身。在這詩中，三度出現的「故鄉」尤其是固定的足以安身立命的處所名詞的代表。在一般的邊塞詩中，故鄉已成爲「普遍的象徵」，它正好與飄忽不定、模糊不清的邊塞景象成爲對立的兩極，而象徵著安祥聖潔，生意盎然的樂園。

包括「故鄉」在內，這首詩活躍著一羣空間意象，陳子昂因此特別選用陽韻，來和高廣遠大的空間情境諧合。

這類邊塞的主題，于第二十九首更是發揮得淋漓盡致，同時「聲義相通」的理論，與以聲音模擬空間的手法也在此獲得成熟而又無懈可擊的表演機會。

丁亥歲云暮，西山事甲兵。
羸糧匝邛道，荷戟驚羌城。
嚴冬嵐陰勁，窮岫泄雲生。
昏曀無晝夜，羽檄復相驚。
拳跼兢萬仞，崩危走九冥。
籍籍峯壑裏，哀哀冰雪行。
聖人御宇宙，聞道泰階平。

肉食謀何失？藜藿緬縱橫。

這首對戰爭批判的邊塞傑作，脫稿於垂拱丁亥三年（西元六八七年），即子昂二十七歲時。對於詩中所敍述的丁亥三年討伐西羌之役，子昂曾上「諫雅州討生羌書」⑭，竭力禁阻，激烈反對武后爲貪圖一時利益而發動的拓疆行爲，宅心仁厚的子昂雖極力設法撤消這場對無辜的羌族濫殺的殘酷戰爭，但他的建議終究絲毫不爲武后接納。因之當這場弱肉強食的戰爭爆發，子昂躬臨慘不忍覩的戰場，其心中多重的哀痛自不待言。這些哀痛都濃縮在這首精心描繪戰況的詩中。

子昂在這首詩裏布置最原始、最荒涼凋敝的景色，令自然界現象與殘忍的人類世界密切契合，充分暗示宇宙、生命飄渺無定且易於毀滅。詩人悲天憫人的襟懷，不平的忿嘆，焦慮疑懼的心態溶合征夫的疾苦，一齊注入這一組荒涼高壯、陰慘玄秘的意象羣再反映出來。値得矚目的是，在弗萊的理論中屬同一系統的「昏曀無晝夜」（黑暗期）、「嚴冬」（多季）、「崩危」（崩潰階段）等原型，與象徵意義相干的「冰雪」、「雲」的高度携手結合，乃是促成此詩洋溢多層卻一致的象徵意旨上，不可或缺的主力。顯而易見，詩裏空間意象所涵蓋的向度均極其廣大，因之頗易洞燭詩人押具有遼濶空間意義的「庚韻」居心所在。

三、結論

感遇詩幾乎每首皆各自達到完整統一的有機結構，從局部的或個案的研究求得這項結論，從這結論復可揣測，陳子昂創作之頃，也許嘗作此一層決定性的思考：

如何派遣一束精細的意象羣，與多樣卻統一的意義溶合，繼而朝內刺入最深的感情經驗層面並與之聯合向外迸射出去？

陳子昂感遇詩泰半遂成于其二十一歲入京遊學前后幾年的階段，部分則是晚年陸續經營的產物⑮，雖然這三十八首詩創作底定的時期頗爲漫長，且事實上它們直可釐分爲山水、懷古、邊塞、登覽等數類，但不容忽略的是，它們每首之間彼此骨肉相連，聲氣互通。在朝向三十八首感遇詩從事全面性的俯瞰，如第二大節所作的，可以發現一個極端優異的事實：時空意識，創作動機，心靈掙扎歷程，悲劇情愫，興衰的主題以及象徵，比喻，聲象乎情意等等技法的運用，這些共通的特性，無一不是督導感遇三十八首，躍居骨肉相貫的局勢與完整而又統一的大有機體的首要媒介。

【附註】

① 見王力，漢語史稿，夏五四一至五四二。

② 傅庚生，中國文學欣賞舉隅中的「重言與音韻」一文。

③ 見劉熙，釋名，釋天第一。

❹ 清畢沅的釋名疏證：「象曰至哉坤元，萬物資生，乃順承天。」，適可從而得知天與地一樣能滋生萬物的消息。

❺ 參見 Wiffred L. Guerin 等人編的 A Handbook of Critical Approaches to Literature。

❻ 同上註。

❼ 許愼，說文解字。

❽ 同註❻。

❾ 韻語陽秋，卷十一。

❿ 段玉裁，說文解字注。

⓫ 吳楚，說文染指，收入說文解字詁林中。

⓬ 同註❻。

⓭ 傅庚生，中國文學欣賞舉隅。

⓮ 見陳子昂集，第九卷。

⓯ 見邱師棨錫，陳伯玉年譜。

追根究底的治學精神

我們平常翻覽書籍或閱讀論文，面臨書本或論文中所引述的資料，首先都應該產生一種基本心理，那就是懷疑，孟子說得很有道理：「盡信書，則不如無書。」從懷疑出發，進一步對作者所援引的資料本身從事追根究底的工作，換句話說，追踪資料的來源出處，親眼目睹其原來面目後並加以探討，在這過程中，往往會有意外的發現和收獲。特別是一個研究學問的人，對資料的大膽懷疑和細心追索，實在是最起碼的必須具備的精神，這同時也是一種極端正確的科學態度，絲毫不容忽視。資料的引用假使發生不實的情況，便喪失引用的嚴肅意義，而由此不實的資料所推演出的結論當然更不能置信，我們果若失察而一廂情願地盲從附和，則不獨會自誤，於再度轉引時還會貽誤他人。

資料的引用經常發生錯誤的說法，具有考據精神的學者尤其會點頭同意。而資料的引用之所以常與其原本面貌有些出入，大概基於下列幾種因素：頭一個因素是引用者全憑記憶力所及來引述資料，這樣就難免發生記舛背錯的現象。其二便是他所依據的其實並非善本，而是可靠性較低，錯舛百出的劣本。第三項原因乃是引用者一時疏忽大意而抄錄錯誤。第四個因素則是引用者偷懶，借用第二手，甚至第三手資料，而這第二手、第三手資料，很不幸地，本身原已有疏漏存在。第五個因素可能是引用者誤解原始資料的本意，在主觀武斷或斷章取義的情形之下，萌生引述資料失去原旨的不良現象。最後一個原因是爲了某種學術利益而喪失良心，明知故犯地作歪曲的引用。除此之外，當然還有別的原因，但一時僅能想出這六個因素。

基於資料的引用經常產生錯誤的理由，因此，可以說，直接資料的可信度顯然較轉手資料來得高，轉手資料既屬間接的引用，而愈間接便愈不可靠，離本來面目愈遠，疵病愈多，價值也就愈低。所謂轉手資料，即是指第二手資料（secondory sources），亦可謂間接資料。直接資料無非是相對于間接資料而言的，也就是上述原始資料或者第一手資料（primary or original sources）的意思。徵引資料最須注重的無非是準確（accuracy），職是之故，對準確度尙未能判定的第二手資料，不能不追本溯源，與原始資料仔細查證覆校，以免重蹈覆轍。我們總不能依賴可疑的資料來作證據，即使站在閱讀者而非研究者的立場，也要有這種正確的觀念。

我們在從事研究工作時，最應該講究第一手資料的直接運用。譬如要探究朱子思想層面的話，朱子遺書、朱子文集便隸屬於第一手資料，而宋元學案則屬于轉手資料，那麼作爲直接資料的朱子遺書、朱子文集理應優先採用。倘如在迫不得已的情況下欲取錄宋元學案，則必須提高警覺，對於此轉手資料本身，勢必要追根究底，一一核對原書、出處，如此才能儘量減少犯錯，同時也能取信於人。下面將臚舉三位對於第一手資料很重視的學者，因面臨第二手資料時很能由懷疑進而追根究底，終至獲得空前的佳績的實例，以便讓讀者對所謂的追根究底，有著具體的認識。

魏源、王靜安、孟森等學者，曾先後提出戴震「背師」的一些罪狀，來充當控告戴氏偷竊趙東潛水經注校本的一項具體證據，例如魏源指出：戴為婺源江永門人，凡六書三禮九數之學，無一不受諸江氏。及戴名既盛，凡已書中稱引師說，但稱為同里老儒江愼修，而不稱師說，亦不稱先生。

對戴東原（震）頗有研究的胡適，首先懷疑魏氏這番話的眞實性，然後親自澈底翻檢微波謝刻本及安徽叢書本的戴東原遺書，卻發現戴氏每次提到江愼修（永），一定恭稱先生。胡適在「考據學的責任與方法」一文中表示：

> 總計東原引愼修，凡稱「先生」二十二次。其中經考、考工圖記、屈原賦注，都是少年之作；答段若膺論韻則是東原五十四歲之作，次年他就死了。故東原從少年到臨死前一年，凡稱引師說必稱先生。

胡適這番論斷是有堅強的統計數字作根據的，並非空穴來風。如果他不懷疑魏源的話，也不會作原始資料的調查、還原工作，那麼胡適八成不會有如此預料不到的驚人發現，說不定還會與魏、王、孟等人一樣，誤會戴氏尊師的誠意，令戴氏含寃莫白。

陳夢家在其甲骨鉅著「殷虛卜辭綜述」第十二章「廟號上」第四節「八丁」的「后且丁」條下（頁四二四），曾引用郭鼎堂的「殷契粹編」三〇四片釋文作：

召于后且丁

同頁尚有一條引用胡厚宣的「戰后京津新獲甲骨集」四〇三五片釋文作：

于后且丁

甲骨學家嚴一萍先生特別對作爲第二手資料的這兩條釋文，給予還原，檢出這兩片腹甲，也就是這兩條釋文的出處，結果發現原來這是同屬一版的兩張墨拓，分別著錄在郭氏、胡氏的書中，而陳夢家非但沒指明這相同的二者原本爲一，反而誤以爲是相異的兩條，且在引用上述第二條時，釋文開頭又漏掉一個「召」字，實在是不可原諒的疏忽。嚴先生這種一絲不苟的探源精神，不但能令他人不至於再轉引陳夢家這項錯誤重重的資料，而且使資料的原來面目呈現出來，眞相大白。嚴一萍先生的意見見於他新近完成的大著「甲骨學」頁四五〇至四五一，讀者請自行查證。

最後要舉清代考古學大家崔東壁對論語的重大發現之一爲例。崔東壁在其名作「洙泗考信錄」卷之二；談到他對論語陽貨篇中「佛肸召，子欲往」及「公山弗擾以費畔，召，子欲往」兩章感到懷疑，進而一一查對史書所記的歷史事實，終於發現論語陽貨篇所述實荒謬可笑，與史實完全不符，因此斷定陽貨篇多后人增竄之文，並非孔門原本。新會梁啟超在其所著「古書眞僞及其年代」第六章中，轉述崔氏的這項卓見時說：

> 論語的記事很有可笑的地方，最離奇的是「佛肸召，子欲往」一章和「公山弗擾以費畔，召，子欲往」一章。……左傳定公十二年公山弗擾以費畔時，孔子正做司寇，和現在的司法總長一樣，很用力打平那反畔的縣長，以情理論，那有現任閣員跟縣長造反，藉口想實行政策？佛肸造反在趙襄子時，趙襄子當國在孔子死後五年，佛肸有何神通，能從墳墓裏掘出孔子來？孔子有何妙術，能死了還會說話？這二章不是後人誣蔑孔子是什麼？

崔東壁以懷疑和追根究底的科學精神，在論語陽貨篇上打個問號后，即根據左傳、列女傳等史籍所載，正確地判斷出「佛肸召，子欲往」和「公山弗擾以費畔」兩章，乃是後人附加物（additions）。雖然當時孔門原本，換言之，原始資料，已不能目睹，崔氏無法作還原核對的實際工作，但他實在很聰明，他變換一個角度，即從春秋戰國史書記錄上，來對第二手資料作一番考證，很準確地分辨出眞僞善劣，這是追根究底的另一種方式。

以胡適、嚴一萍、崔東壁等三位學者的治學實例，可以看出資料還原的重要性之一斑，對間接資料作追根究底的查證，顯然有諸多好處。一來在認定資料沒有引錯時，因準確性很高，自己可以安心引用。二來往往能由追踪、查證而更正一些流行已久的錯誤，使第二手資料在原始資料面前銷聲匿迹，在提醒自身之餘，尚能提醒別人，功實不可沒。

橘子研究

自詩經、楚辭以降，中國文學作品中有許多名物均含具象徵意義。簡單舉幾個例子，於植物方面而言，梅、蘭、竹、菊、桃、柳、松等，各富有其特殊之象徵。動物方面，譬如龍、鳳、麟、龜、蟬、蝶、雁等，亦不自外。這些動植物含帶象徵，細究起來，無不根源於民族思想、中國文化。換句話說，這些動植物均顯示出幾千年來中華民族共通的理念，而這理念即是歷來中國文人沿習套用、約定俗成所造成的結果。

在植物中，有一種常見的樹及其果實，秉承民族思想的傳統，亦具有深一層的象徵意旨，但爲一般人所疏忽，那就是橘。由於橘本身擁有諸多特性及美好的內蘊，歷代詩人將它的優點、特質不斷地加以發揮，久而久之，促使橘在詩中含有某些普遍的象徵意義。

在討論橘在詩中的象徵之前，必須先對橘子從事一番介紹，才不致言而無據，使人產生憑空捏造之感。

根據植物學書籍記載，橘屬於芸香科，爲常綠灌木之一，高近一丈，莖有刺，葉子呈橢圓形或卵形，先端尖，葉柄有翼。夏天綻開白花，花瓣有五片。開花之後，秋天結果，至冬成熟。果實是圓形的，金黃色的，如拳頭大小，可供食用，它的皮特別芳香甘美。橘另名木奴，唐人僧貫休「庭橘」詩云：「不緣松樹稱君子，肯便甘人喚木奴」，又李義山詩：「青辭木奴橘，紫見地仙芝」，木奴係指橘而言。亦稱橘奴，王珩彥詩：「霜重橘奴肥」，橘奴卽橘也。舊說小爲橘，大的稱作柚。

以上只作粗淺的簡介，下面將對橘作深入的分析，釐分外形、顏采、內蘊、味道、功能、產地、季節等數點來一一詳談，以便配合後面的探討。

橘的形狀，古代文人多以太陽、彈丸形容之。梁人吳筠「橘賦」卽說：「枝枝之日，與金輪而共丹」，此卽以日喻橘之形體。宋人黃庭堅「歐陽從道許寄金橘以詩督之」云：「霜枝搖落黃金彈」，黃金彈則係指橘之形體也。也有以珠琲形容橘子者，如宋人李淸臣「和賜後苑金橘」說：「參差翠葉藏珠琲，錯落黃金鑄彈丸」。總的說，橘呈圓形，宛如彈丸大小，屈原「橘頌」卽就其圓形體加以描繪：「圓果摶兮」。橘的外表乃順乎自然而成的，關於這點，古代文人經常在作品中提及，梁簡文帝「詠橘」詩卽指出：「無假存雕飾，玉盤余自嘗」，梁人徐擒「詠橘」亦云：「愧以無雕飾，徒然登玉盤」。而橘子能成爲文人歌詠的美好對象，這也是因素之一。

屈原在「橘頌」中所敍「青黃雜糅，文章爛兮」，乃是描狀橘的外在顏色。詠橘之作中，最常見者則是用「金」字來形容橘的外觀色澤，如隋人李孝貞「園中雜詠橘樹」：「朱實似懸金」，又如宋人范成大「秋日田園雜興」：「惟有橘園風景異，碧叢叢裏萬黃金」，唐人張彤於此則有頗精采的佳句：「樹樹籠烟疑帶火，山山照日似懸金」（奉和揀貢橘），在陽光照耀之下，滿山橘實紅黃交映，眞是奇觀異景。橘子擁有金黃色澤，看起來彷彿穿著一襲金色的衣裳，故詩人亦多拿「金衣」一詞形容其色，梁人徐摛「詠橘」詩云：「照耀金衣丹」，梁人沈約「園橘」：「金衣非所恡」，梁皇太子，「謝勑賚城邊橘啟」一文曰：「甘踰石蜜，味重金衣」再若唐人李嶠「橘」詩亦云：「玉蕊含霜動，金衣逐吹翻」，文人想像力實在高妙，以金衣形容橘色，堪稱一絕。沿用既久，金衣業已成爲橘子的代名詞。

談畢橘子的外在形色，接下來說它的內涵。屈平「橘頌」稱橘之內質：「精色內白，類可任兮，紛緼宜修，姱而不醜兮。」所謂「內白」，兼指皮裏、瓤、子三者而言。從字源學，亦可知曉橘子从矞之原因，而這原因正指出橘子果肉、汁液之佳妙之處。「羣芳譜」云：

> 橘實，外赤內黃，剖之香霧紛郁，有似乎矞雲，橘之从矞，取此意也。

明人李時珍於「本草綱目」卷三十亦言明：

橘從矞，音鷸，諧聲也。又雲五色爲慶，二色爲矞。矞雲外赤內黃，非烟非霧，郁郁紛紛之象。橘實外赤內黃，剖之香霧紛郁，有似乎矞雲。橘之從矞，又取此意也。

至於橘肉之味道，梁簡文帝「詠橘」詩讚美之：「甘旨若瓊漿」，連嚐遍天下上等水果的皇帝都稱讚橘子，常人一定喜愛它的美味，這是無庸置疑的。「韓非子外儲說左」也如是說：「樹橘柚者，食之則甘，嗅之則香。」事實上，不須援引古籍古詩來證明，凡是吃過橘子者皆知其味香甜。

橘子的功能，大約可分兩類而言。根據李時珍「本草綱目」卷三十的記載，它在醫學上能治療多種疾病：

甘者潤肺，酸者聚痰，止消渴，開胃，除胸中膈氣。

非特如此，橘亦能作爲避臭用。至於在經濟價值上的功用，元人楊載「橘中篇」言之甚詳：

採橘資眾力，轉輸及他州。子長傳貨殖，謂此同列侯。上充國家賦，下貽篚筥謀。

以下談橘子出產地及生長之季節。「橘頌」一文明確地道出橘子的故鄉：「受命不遷，生南國兮」，依王逸的注解，南國即是江南也。許愼「說文解字」第六篇上云：

> 橘　橘果出江南。

晉人張華「橘」詩云：「橘生湘水側」，金人劉著「伯堅惠綠橘」：「黃苞猶帶洞庭霜」，唐人白居易「揀貢橘書情」一詩首句：「洞庭貢橘揀宜精」，從上引詩文可推知，橘盛產於南方，即湖南、四川、廣東、浙江等省，其中以湖南洞庭產量最多且最有名。更進一步而言，它多產於深山中，漢闕名五言古詩云：「橘柚垂華實，乃在深山側」，唐人張九齡「感遇之七」前六句：

> 江南有丹橘，經冬猶綠林。
> 豈伊地氣暖，自有歲寒心。
> 可以薦嘉客，奈何阻重深。

末句便感嘆山川阻隔得重重深遠，根本無法讓人品嚐它的甜美。又如元人趙汸「次韻謝朱伯初惠橘」首四句即指出橘子產於深山之中：

谿上山中兩絶塵，惟應黃綺最相親。
治生每媿奴無木，行酒空聞脯有麟。

作爲高級水果的橘子，多生於深山中，因此採擷極爲不易。這是橘子的不幸。前面曾言及橘樹秋天結果，至冬成熟。換言之，橘實的成長歷經秋冬兩季，此兩季皆屬寒季，對橘子而言，生長季節具有深遠重大意義。梁人虞羲「橘」詩末四句：「獨有凌霜橘，榮麗在中州。從來自有節，歲暮將何憂。」元人楊載「橘中篇」云：「朱實懸高秋」，明人孫七政「橘」詩亦指出：「微霜降秋節，芬芳滿中林」，前引王珩彥的詩也描狀：「霜重橘奴肥」。秋季下霜，寒冬降雪，而橘實卻茁成於此時，不但沒有凋萎，反而結實纍纍，誠如唐人周元範「奉和揀貢橘」闕頭兩句所狀：「離離朱實綠叢中，似火燒山處處紅」。這便是橘子偉大之處，關於此，容後詳談。

黃師永武在「詠物詩的評價標準」[1]一文中指出：

任何一件藝術品，都不能孤立在民族文化之外，所以任一首詠物的詩，也都是民族思想最佳的映象。中國人所說的「詩教」，也就是最早發現詩歌中寓有偉大的文化理想。

而在「古典詩中的桃與柳」❷一文，黃師開宗明義卽說：

> 詠物的詩，對所詠的物，有一種特別的看法，這看法像是充分自由的，詩人可以無拘無束地任意揮寫，其實每一種看法，無不以龐大的民族文化爲其背景，這文化往往顯示出千百年來此一民族共通的理念。
>
> 例如中國古典詩中的桃與柳，詩人對它們的讚美或諷刺，早形成一條沿習套用的思想蹊徑。儘管每首詩的命意都不同，思想範疇與規則卻前後因襲，大致相去不遠。

這兩段話，見解十分精闢。橘子在中國文學史上之所以具有深層意旨，卽基於此也。依西洋批評術語而言，橘子可以說是一個「原型」（archetypes）。自「橘頌」以降，橘子經文人賦予共通的特殊含義，並且歷盡千年反覆地遣用，以致富有很顯著很普遍的象徵意義。這普遍的象徵意旨，細究之，乃植根於民族思想與文化。

橘子的象徵可以分兩方面來加以追溯。自從不得志的屈原寫下一篇詠物的短賦——橘頌，盛讚橘樹的秉質，以比況他自己堅貞的節操，及其絕不變心從俗的毅力。此後文人大受其影響，歌詠橘子多承襲「橘頌」之主旨。「橘頌」可說是中國文學史上最早歌頌橘子的文章。關於這點，明人王世貞「橘」詩即一語道破：

曾因騷客稱嘉樹，從此名留貢篚間。

所謂騷客，顯然係指屈原。而明人孫七政「橘」詩亦指出：

況此東南美，橘頌步高吟。

橘子之所以具有深層象徵意義，追根究底，屈原的「橘頌」是活水源頭之一。另一個源頭即是橘子本身的優越條件，關乎此，前面已稍微提及。以下即將分析文學作品中的橘子所具備的深層意旨。而前面介紹橘子的種種，譬如外型、顏采、內質、功能、產地及生產季節等，就是爲了使讀者對橘子有深入的認識，以便對其所含富之象徵意義能輕易地瞭悟。

前面說到橘實生於秋冬，在寒冷的氣候下，仍然「芬芳滿中林」、「霜重橘奴肥」、「榮麗在中州」以及「經冬猶綠林」。在艱難困苦的季節中，仍從諸種樹木中脫穎而出，充分顯示它剛毅的本性和堅貞的節操。猶如松柏一樣，是一種頗經得起風霜雨雪的打擊的植物，委實令人敬佩。這也是中華民族的特性。難怪歷代詩人多歌頌橘的氣節，隋人李孝貞「園中雜詠橘樹」：「

自有凌多質，能守歲寒心」、唐人李紳「橘園」：「憐爾結根能自保，不隨寒暑換貞心」，而前引張九齡、虞羲的詩亦讚佩它的勁節貞心，職是之故，橘亦為中國文化裏頗具民族特性的美好象徵，這已成歷代文人所公認的事實。

橘子雖能耐霜寒，雖然甘美，可惜它泰半生長於深山叢林之中，因此採摘不便，「薦嘉客」的機會極少，這是橘子的命運。晉人張華「橘」詩便感慨言之：「菲陋人莫傳」。張九齡的「感遇之七」，題為感遇，其實是一首標準的「詠物詩」，其所吟詠的對象即是橘子。由於橘為道路險阻所礙，無法覓及、摘擷，因此作為上等水果進獻嘉賓的實用價值等於零。張九齡由此聯想及人的命運，恰雷同「阻重深」的橘子，懷才的人的「不遇」，正是如此。未能「薦嘉賓」的深山的橘子，宛如隱士一般，得遇則用世，不遇則修身待聘。這種複雜的心情，明人僧妙聲「謝惠橘」一詩後二聯表現得十分透澈：

開嘗直想千林晚，包貢空含萬里悲。
江漢風塵愁路絕，食新聊得一開眉。

僧妙聲把自己暗喻為「不遇」的橘，感慨頗深。「不遇」或者無法「薦嘉客」的山橘，可說是潔身高品的隱士的象徵。

黃師永武在「詠物詩的評價標準」一文論及橘的另一個象徵，卽是「席珍待聘」❸信然！如前所述，橘子本身具備諸多優點，自然會有「待聘」的思想產生。晉人張華「橘」詩卽指明：「逢君金華宴，得在玉几前」，梁人沈約「園橘」云：「但令入玉柈，金衣非所恡」，漢人闕名「古詩」：「委身玉盤中，歷年冀見食」，又如唐白居易「揀貢橘書情」結尾：「疎賤無由親跪獻，願憑朱實表丹誠」，以及金人吳激「歲暮」末聯：「懷袖何時獻，庭闈底處愁」等，均顯露詩人爲橘設身處地或以橘喩己，希望得遇。而這個觀念亦承襲儒家思想，「禮記儒行篇」記載孔老夫子對魯哀公所說的話：

儒有席上之珍以待聘，夙夜強學以待問，懷忠信以待舉，力行以待取，其自立有如此者。

無疑的，橘子擁有「待聘」的條件，因爲它既屬特等水果，又含貞心和高尙的節操、美好的外觀，且「類可任兮」，値得推薦到「玉盤」上，貴爲珍品。「玉盤」可說是橘子的理想，它一生的目的卽在於能成爲「玉盤」上之佳品，供人品嚐。因此「玉盤」亦可說是一種象徵，乃橘子最佳最終最理想的追求鵠的。梁簡文帝「詠橘」：「無假存雕飾，玉盤余自嘗」，宋謝惠連「橘賦」：「受以玉盤，升君子堂」，梁吳筠「橘賦」：「金衣之果，亦委體於玉盤」，以及梁徐摛

「詠橘」：「愧以無雕飾，徒然登玉盤」，從上述詩例可見「玉盤」實爲橘子應得之地位。能登玉盤，則是橘子最高的禮遇，而古代文人往往藉此來暗示自已的心志指向。

最後所欲談的便是橘子最重要的一項特性，也是它能具有高度象徵意義的主因。高與在「佩文齋詠物詩選表」中說：

歌詩原本於性情，而名物悉關乎義理。❹

清朝康熙皇帝的「佩文齋詠物詩選序」有更深入的見地：

詩之道，其稱名也小，其取類也大，即一物之情而關乎忠孝之旨，繼自騷賦來，未之有易也。此昔人詠物之詩所由作也。❺

詠橘詩作中的橘這個意象，即如康熙帝所說「關乎忠孝之旨」，同時如高與所謂「關乎義理」。「周禮」云：「橘逾淮北而爲枳，此地氣然也。」，「晏子春秋內篇」記載晏子之言：

橘生淮南則爲橘，生於淮北則爲枳。

橘的家鄉是淮南或南國，倘如生長於淮北，究竟會生成何物呢？「韓非子外儲說左」言之綦詳：

樹枳棘者，成而刺人。

然而橘則甘香可口，與枳大異其趣。也就是說，橘不能越入淮北區域。實則橘之性是不願遷移的，此從屈原「橘頌」亦可管窺一斑。所謂「受命不遷，生南國兮」、「深固難徙，更壹志兮」、「深固難徙，廓其無求兮」以及「獨立不遷，豈不可喜兮」等句，均指貞一不變之堅強意志。屈平便是運用此比物類志，爲之頌以自旌，自比志節高尚如橘，絲毫不可轉移也。自三閭大夫屈平以後，詩人詠橘亦多針對此貞一不二之性加以發揮或自喻。如王叔之「甘橘讚」曰：「節重履險，操貴有恒。……異分南域，北則枳橙。」，魏陳王曹植「橘賦」：「不遷徙於殊方，……邦換壤殊，爰用喪生。處彼不離，在此先零。」，唐人李紳「橘園」：「懼同枳棘愁遷徙，每抱馨香委照臨」等詩例，皆呈露橘子不遷不徙的忠義思想。橘樹具有愛戀舊土，受命不遷的民族性與鄉土性，歷代文人掌握住這美好德性，沿習套用既久，約定俗成，橘樹遂成爲剛烈不二的象徵。

基於橘的多重優點，及具有數種普遍的象徵意義，所以古人往往以「堪居漢苑霜梨上，合在仙家火棗前」❻的橘子當作字號，例如清張九鎰字「橘洲」。吳其泰號「橘生」。諸匡鼎號「橘苑」，又號「橘叟」。戈源號「橘浦」。陳錦之室名「橘蔭堂」。宋人石悉號「橘林」。宋人李廷忠號「橘山」。元人史杜號「橘齋道人」。以上只是順手拈來之例證，由此足見橘在文人心目中身價之崇高。而從以上的逐步討論，可知根源於中國文化、思想的橘，在中國文學史上業已成為一個「原型」。

【附註】

❶見「古典文學」第一集（學生書局）頁一七五。

❷見「中國詩學——思想篇」（黃師永武著）頁三十五，巨流圖書公司。

❸同註❶。

❹見「佩文齋詠物詩選」第一冊（廣文書局）。

❺同註❹。

❻引自唐人陸龜蒙「襲美以春橘見惠兼之雅篇因次韻酬謝」一詩。

金鑪辨

宋人郭茂倩編輯的「樂府詩集」卷第六十九之中，以「自君之出矣」爲題目的樂府詩共有二十一首（顏元叔先生的「中國古典詩的多義性」一文誤爲二十首），顏元叔先生對其中齊人王融所寫的一首頗爲器重，曾先後撰成兩篇批評文章（均收入其大著「談民族文學」一書內）詳細剖析之，特別針對詩中一個舉足輕重的意象：金鑪，耗費不少筆墨，可惜由於顏先生對被金石家列爲雜器之屬的金鑪的瞭解十分膚淺，以致於導出諸多錯誤荒謬的結論來。爲了便於讀者起見，下面不妨先抄錄王融原詩，接着再對顏先生的一些論點誠懇地一一展開辨析的工作。

自君之出矣，金鑪香不然
思君如明燭，中宵空自煎

依第二句的文意判斷，金鑪顯然卽是香鑪之意，並非係指東漢四靈紋爐那一類具有爐口而用以貯木炭取煖的火爐。香鑪又稱薰鑪，因材料之別異可以劃分爲陶鑪、瓷鑪、銀鑪、銅鑪等類，形式構造雖具有多樣，但皆屬焚香之器則是事實，所用的香料種類亦繁多，較著名的要算來自海南諸國的沈香（Aquilaria agallccha）及產於東印度、馬來半島的檀香（Santalum album）等，顏先生於「析『自君之出矣』」一文中，對金鑪所使用的香料下十分肯定的定律：「必定燒著檀香」，委實是一種偏狹的錯誤觀念。

顏先生最大的錯誤在於對金鑪之「金」的曲解，以致由此曲解而牽引出許多錯誤的看法。他在「中國古典詩的多義性」一文中表示：

「金鑪」之「金」，可作黃金之金，亦可作金屬之金，如較賤的黃銅。但作低賤金屬解，似不合宜。因爲，這位婦人必定是大家閨秀，養尊處優，如此才有閒功夫與敏感力去害相思病。旣然如此，她家必定有錢，可以供得起一個黃金的香鑪吧。此外，她的閨房在詩中雖無描寫，總以想像富麗堂皇爲宜，因此「金鑪」也以「黃金」之鑪爲妙。

首先必須提出的乃是顏先生根本沒有掌握荀子所主張的「正名」的樞要。黃金係化學金屬元素之一，隸屬於別名，英文稱 Gold，符號卽是 Au。主要成分爲硫化鐵銅（$CuFes_2$）的黃銅，英文爲 Chalcopyrite，亦屬別名。金屬之「金」無疑是所有金屬元素的總稱，屬于共名，由於這個「金」字統攝金、銀、銅、鉛、鐵、錫等數十種元素，且根據「共名」可以涵括與其同屬一系統之「別名」的原則，則別名黃金、黃銅都在這「金」字的管轄範圍之內。因此，「『金鑪』之『金』，可作黃金之金，亦可作金屬之金，如較賤的黃銅」，顯然是在不能認知同異的情況下，所說的矛盾而混淆不清的話，因爲我們同樣可以將「如較賤的黃銅」改成「如黃金」：

「金鑪」之「金」，可作黃金之金，亦可作金屬之金，如黃金。

讀者一定極易看出這段話的荒誕之處，顏先生的這項疵病至此業已昭然若揭。

其實「金」最少包含四種解釋：一、黃金。二、金屬元素之總稱。三、銅，多指與錫合金的青銅（Bronze）而言。如金人（銅人）、金文（刻于青銅器上的文字）、金莖（銅柱）。四、作爲比喩、形容，如金鈴子、金綫蛙、金魚、金蓮花等動植物便是。而「金」在古代載籍中，以作「青銅」解釋佔絕大多數，例證俯拾皆是，這裏僅舉兩例爲證，譬如史記封禪書：

禹收九牧之金，鑄九鼎，象九州。

周禮考工記：

金有六齊，六分其金而錫居一，謂之鐘鼎之齊

基於此，金鑪之金，釋爲青銅應該比較合宜，這種說法自然尙有相當的理由的，以下將再提出一些證據來。根據福開森（John C. Ferguson）所編輯的「歷代著錄吉金目」統計結果，香鑪（或薰鑪）有四十餘件，這些香鑪十分之九以上均用銅鑄成。「初學記」卷二十五香爐第八，以及「藝文類聚」卷七十香爐條中所述之香鑪，亦皆屬銅器。換言之，以黃金鑄成之香鑪實在少之又少，甚至可以說幾乎沒有。卽使權貴高官所用之香鑪亦以銅鑄成，洞天清錄云：

博山爐乃漢太子宮所用者。

基于歷代吉金書籍所著錄的數件博山爐皆是銅器的理由，可以進而推斷漢太子宮所施用之博山爐當爲銅器。通過這番闡說，我們回頭審查前面引錄的顏先生那段話，「黃金的香鑪」與「富麗堂皇」等這些一廂情願的論斷，充分暴露顏先生的不明事理和牽強附會。他那種毫無根據的想像力和曲解力之強，眞是令人咋舌。而他在「析『自君之出矣』」一文所說的：「……「金鑪」

之「金」字，也用得精緻微妙」，當然亦不動自搖了。

黃金的香鑪之說既已無法成立，加以銅香鑪在古代很普遍且非極貴重之物的緣故，則「一個黃金的香鑪，必定是閨房陳設的中心物件」（見「中國古典詩的多義性」，請注意「中心」二字）的這種珍視香鑪的說法，便隨之宣告崩潰。顏先生的批評往往淪於穿鑿、武斷且喜下定律，下面這兩句話又是一個漂亮而有力的例證：

金香鑪一定體積不大，常見者大小頗如人之心臟。

依據心臟科醫學書籍所示，一般成人的心臟約略等於一個拳頭大小，而古代香鑪，十分之九皆比拳頭大，體積爲成人拳頭兩倍大以上者佔極大多數。地球出版社印行的「中華歷史文物」收錄一件博山香爐，高一七點九公分，寬十公分，體積卽約爲二個拳頭，也就是約兩個心臟大。

清人梁詩正撰述的「西清古鑑」卷三十八所錄的那些香鑪，除漢提鑪體積比心臟稍大一點而外，其餘皆爲心臟數倍大，例如漢博山鑪五的尺寸：「通蓋高五寸七分，深一寸九分，口徑三寸三分，腹圍一尺一寸四分」，其所用的單位屬舊營造庫平制，換算成今標準制便得到下面的數據：「通蓋高 18.24 公分，深 6.08 公分，口徑 10.56 公分，腹圍 36.48 公分」，大概三個拳頭大。又如唐提鑪高三寸二分，腹圍一尺三寸四分，合標準制高 10.24 公分，腹圍 42.88 公分，體積比兩個拳頭大一些，而比心臟超出很多。職是之故，香鑪體積「一定」不大，以及大小頗如心臟的這種毫無理論根基的說詞，豈有立足之餘地？

至於香鑪的擺設位置，其實也不一定像顏先生所說「被置于茶几上或房中間的八仙桌上」。香鑪的功用極廣，比較顯著的下列數端：1.薰衣用，古時凡入朝覲見或拜謁尊貴，必得將衣服薰香，方才不失禮儀，因此社會相習而成爲風氣，卽使平民在社交之前亦多先行薰衣，這是趙汝珍在「古玩指南」中的見解，十分可信。2.釋道之士供祀神佛而用。3.作爲陳設裝飾用的。4.於書房擺設，驅臭提神，以助吟讀閱誦，這點也是趙汝珍的意見。

此詩中香鑪以作第1.及4.兩項解釋比較合乎情理，但薰衣用時通常以置於衣架及袵席之間爲多，而在書房擺設時，亦不必視爲「中心物件」，不一定要置于閨房或書房的「中心」地位，以表示與心臟同等重要。卽使置于房間「中心」，從大小及位置而言，實不能允許香鑪與心臟是「兩者複合」的荒唐可笑的說法存在。顏先生爲文之際，是否考慮到這些問題？

解說古詩必須合乎情理，配合當時環境背景來立論，然而顏先生評詩往往違反這項根本原則，因而造成他對「金鑪」「誤會極深」的不良後果。上述爲金鑪而作的數點辨析，但願顏先生千萬不要再以「作者原意謬論」(The intentional fallacy)來充當反駁拙文的理由才好。

劉峻「自序」的結構分析

唐劉知幾在他的名著「史通」的「序傳第三十二」一篇中，曾經論及自序文體肇基於楚屈原的離騷經，降及兩漢，司馬相如方正式以自敍爲傳。此後文人自述平生的作品，便不甘示弱地紛紛問世，諸如司馬遷的太史公自序、王充的論衡自紀、班固的漢書序傳、班昭的女誡序、魏曹丕的典論自序與晉葛洪的抱朴子自敍、梁永明沈約的宋書自序、李延壽的北史序傳等。其中班固、沈約、李延壽等人的序傳皆敍述其先人成分居多，而記載其個人立身行事的成分相對地減少，嚴格說來，實在係屬家傳的性質，並不能名正言順地稱之爲自傳。其他如魏志袁渙傳注引袁氏世紀魏袁準自序、全晉文卷四十三的晉杜預自述、全晉文卷八十一的陸喜自敍以及全梁文卷六十五的梁王筠自序等，都很可惜只是斷簡殘編，不足以窺見全貌。而這些自述平生之作，大體而言，都不甚出色，必得等到梁人劉峻「自序」推出，角立文苑，一時膾炙人口，這種文體才分發揮眞正的威力來。

劉峻的「自序」著力於結構的注重、修辭的講究和情感的流露，簡鍊明確而洋溢一股迫人的勁力，眞是麻雀雖小而五臟俱全，其對後世產生巨大的影響乃是有目共睹的事實。最顯著的現象是名家競相模楷，劉知幾史通內篇自敍第三十六，即是極力擬仿劉峻自序的行文格式，將自己與楊子雲參對比較，而得到四似與一不似的結論；淸儒汪中也取法劉峻自序的舖排方式，與劉峻本人詳作一番比較，列舉出四同五異；淸人楊芳燦的「自敍」則將自己與李義山作一番比對，列出四同三異；繼之淸人李詳也仿其體，與汪中相形見絀；蘄春黃季剛又步其後塵，亦以馮衍、劉峻、汪中三君爲比，臚舉出三不類來。此外李慈銘、王靜安等文人學者都有步武劉峻自序格局的作品陸續出籠。而這些仿作的大量出現，適足以管窺劉峻「自序」的價值，與爲一般人所喜愛器重的程度之一斑。

劉峻的「自序」不特能以淺出之筆描寫深入的沉鬱頓挫，悲壯蒼涼的身世背景，使眞情充分流溢，感慨非常深刻；而且結構（Structure）萬分謹嚴，極端側重於整體的統一性的營造。其三同四異的佈局法式，尤其爲後人爭相採用，歷久而不衰。

「自序」主要人物有二，一個當然是主角劉峻本人，另一位便是陪角（foil）馮衍，由於「自序」涉及二人身世，職是之故，論析這篇梁文之前，實在大有對他們兩人的生平背景，作概略性認識的必要。

根據「南史劉峻傳」與「梁書列傳第四十四」所載，劉峻字孝標，平原人，出生才只一年，父親便喪亡，家貧無法維持生計，只好寄人廡下。他讀書非但殷勤而且格外專一，往往到通宵達旦與廢寢忘食的地步，平常又極端喜好藏書，每聽說某人持有異書，一定前往祈借。天監初年，召入西省，與學士賀蹤典校秘書。後來武帝招文學之士，有高才者多被進擢，劉峻率性而動，不能隨眾俯仰沉浮，晉見武帝時又應對失旨，武帝頗嫌棄他，因而落得終不見用的下場，劉峻遂著「自序」與辭多激越的「辨命論」寄懷自喻。他一生於宦海浮沉中，不如意事十常八九，因此他極其憤世嫉俗，傷感哀怨，這些情緒從他的其他著作，諸如「廣絕交論」與「追答劉秣陵詔書」等字裏行間可見一斑。

至於馮衍，東漢京兆杜陵人，字敬通，「後漢書桓馮列傳第十八」記載他幼有奇特之才，頗能誦詩，二十歲之際，已能博通羣書。他看不慣新莽的所作所爲，不肯甘心仕新莽，屈意承歡作貳臣；生性則十分正直骨鯁，敢於直諫，可惜多不被上級採納，因此不獨胸中大志與理想不得施展，反而得罪許多顯位名賢。嘗勸諫更始將軍廉丹以屯兵觀變而未果，後來廉丹攻進無鹽縣境，與赤眉大戰不幸捐軀，馮衍窮途末路之餘只好亡命河東。等到光武帝獲得天下，又怨恨他投靠太遲，將他廢放於家。馮衍娶凶悍的北地女任氏爲妻，夫妻感情不睦，導致閤家亦失和，老境極其坎坷。

劉峻在「自序」中與馮衍比較，便是十分準確地把握住兩人類似的乖舛的經驗層面而加以發揮，關於這點的好處，黃慶萱先生在「劉峻自序析評」一文中，提出一番詳盡透闢的闡釋：

他的「自序」就從古人中找出一位跟自己大同小異的馮衍來比較、來自況。在齊梁時代人們心目中，東漢的馮敬通是一位相去未遠的悲劇英雄。……劉孝標自我認同馮敬通，利用當時人對馮敬通的熟悉，使之對自己有所了解。這是心理學上類似原則（Apperception）的運用。❶

站立在上述一些外緣研究（Extrinsic Study）的基礎上，進而深入「自序」裏層展開內在研究（Intrinsic Study），理應較能獲得同情。從這方法出發，本文嘗試採摭新批評結構分析（Structural Analysis）的途徑，對「自序」加以條分縷析。

首先，必須釐清兩個易於混淆糾纏的術語：邏輯結構（Logical Structure）與文學結構（Literary Structure）。

黃慶萱先生在「劉峻自序析評」一文中指出：

在邏輯結構（Logical Structure）方面，劉孝標用首尾雙括，中間兩段展開三同四異的方式組成全文。

將這術語任意冠置在「自序」頭上，似有輕視「自序」的嫌疑，雖然「自序」的確有一點點邏輯結構的傾向。所謂邏輯結構，應該隸屬於機械性的，申言之，即是形式（form）先於內容（matter），它的各組成部分孤立而不相往來交通；或者猶之藍遜（J. C. Ransom）所大力倡導的過於理性化的結構，都可以由邏輯結構去管轄。然而文學結構乃是指的一種有機形體（Organic form），其形式與內容合組成極其恰當的一個熔合面貌，且生機勃勃地併拼盡全力作完美的實現；在這面貌之中，部分與部分彼此綰合吸引，相互影響，並且部分與整體復深具密切的關係，可見邏輯結構與文學結構涇渭分明。所以，黃慶萱先生所引用的不當的批評術語，必須由文學結構來排斥，進而取代之。

以下即開始針對「自序」逐步解剖。「自序」以散行領頭：

> 峻字孝標，平原人也。生於秣陵縣，朞月歸故鄉。八歲，遇桑梓顚覆，身充僕圉。齊永明四年二月，逃還京師。後爲崔豫州刑獄參軍。梁天監中，詔峻東掌石渠閣，以病乞骸骨，隱東陽金華山。

毫無鉤章棘句，寥寥數語，清晰地刻劃出劉峻身世輪廓。接下來的中間兩段，以駢體出之，與首段散句迥異其趣。將三同四異的內容循序披展開來，構成全文重心之所在，最富威力不過：

余嘗自比馮敬通，而有同之者三，異之者四，何則？敬通雄才冠世，志剛金石；余雖不及之，而節亮慷慨，此一同也。敬通値中興明君，而終不試用；余逢命世英主，亦擯斥當年，此二同也。敬通有忌妻，至於身操井臼；余有悍室，亦令家道轗軻，此三同也。敬通當更始之世，手握兵符，躍馬食肉；余自少迄長，戚戚無歡，此一異也。敬通有子仲文，官成名立；余禍同伯道，永無血胤，此二異也。敬通膂力剛強，老而益壯；余有犬馬之疾，溘死無時，此三異也。敬通雖芝殘蕙焚，終塡溝壑，而爲名賢所慕，其風流郁烈芬芳，久而彌盛；余聲塵寂寞，世不吾知，魂魄一去，將同秋草，此四異也。

在句法的運用上，這兩段相當成功地在排偶中增附不少具有類似潤滑劑功能的附加語（affixes），譬如助詞（particle）也字，介詞（preposition）於字，聯詞（connective）而、雖字，副詞（adverb）將、亦字等。黃慶萱先生在「劉峻自序析評」一文以爲「自序」乃是：

爲了構句的箇節，所以儘量割除句子的附加成分（Modifier of Adjunct）。

這種說法顯然是極不正確的，因爲單就中間兩段而言，附加語已高達數十字之多。這些虛字的添加，絲毫不妨礙「自序」的簡節，相反的，有百利而無一弊，圓滿地完成促使句法栩栩欲活、前後文氣韻連貫的崇高任務。而、之、者、何則、雖、亦、至於、其等附加虛詞，舒放自如地旋轉其間，能極力避免淪入隨排偶駢句而產生的滯板的窠臼裏。最後，劉峻以散行結尾：

所以力自爲序，遺之好事云。

劉峻悲愴苦恨的情緒到第四異上業已臻及高潮（Climax），因此緊接著，他刻意而且必須作「情境的逆轉」與迅速收場，以「所以力自爲序，遺之好事云」兩句似乎表示鬆閒的心態的散行驟然作結，來解除緊張，駕輕就熟地取得調和（Harmony），得可見出劉峻良苦的用心所在。這種結尾將感情處理得極盡收蓄內斂之能事，與劉知幾史通「自敍第三十六」最末二句：

此予所以撫卷漣洏，淚盡而繼之以血也。

那種淋漓迸射的感性的發洩，顯然是迥異其趣的。「自序」結尾十一字從表面上看似輕鬆異常的自我解嘲，實則劉峻潛意識裏仍然不忘透露隱藏在反諷（Irony）背後的無限悲哀。古人思秉燭夜遊，表面上乍看，好像及時行樂，事實上，則很有一股無可奈何的淒涼和悲傷；「自序」末段，除作爲收結全文之用外，尚且特別暗藏著這一層無奈的深情，不容忽視。

縱觀全文大局，散句在「自序」中委實具有使節奏頓挫而轉折，旋律廻繞而流暢的音響效果。孫德謙于「六朝麗指」中也曾詳言：

> 駢體之中，使無散行，則其氣不能疏逸，而敍述亦不清晰。

誠然，「自序」之所以氣韻能夠維持生動、流宕；敍事得以達到簡明、清晰，仰賴駢散的高度運用之恩澤實在不淺。

以上的討論，意在將「自序」全文引出，給予走馬看花式的簡介。現今所能見到的幾種「自序」本文，面目皆不雷同，清嚴可均編的全上古三代秦漢三國六朝文中全梁文所錄之自序，乃是自次段開始以迄末段而獨缺首段，梁書列傳四十四及南史列傳三十九所收之自序與嚴可均所錄的自序雖稍有出入，然大抵類同。明張溥編纂的漢魏六朝百三家集則載有首段。因梁書列傳四十四於錄載自序前冠有「其略曰」三字，從而可知梁書所錄自屬已删除首段之簡略自序。這便是本文以張溥所見的自序爲藍本的主要原因。至於肯定張溥所收的「自序」大致是「自序」原來面貌所持的諸種具體理由，將會在另文裏作較詳細的辨論。

以下企圖針對「自序」從事深入的結構分析。

自序中間兩段，正好構成一種演繹的進展（Syllogistic）形式，劉峻將「三同四異」的七種比較，層層推進，婉轉變化，無一不緊密環繞並指向一個主旨（Tenor），猶之從七種相異的角度攝影，立體地呈現一個焦點對象來，繪製成圖案，可以輕易得到一種輻輳的型態：

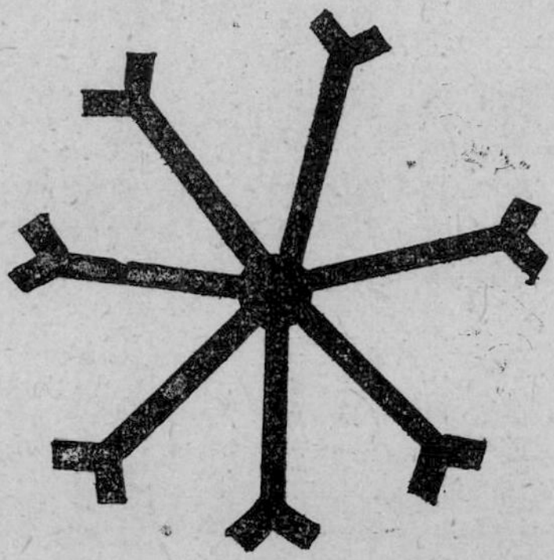

七種比較宛如七隻來自不同起點的箭矢，它們的內容依序是節操、際遇、家室、職位、子嗣、健康與聲名，從四周向內集中，一齊朝中心點也是終點的主旨射入，逼進，終於命中鵠的，而造成一股強勁的向心力。這種型態固然允許更多的箭矢出現，然而，處理不佳便容易流于蕪雜累贅。意簡言繁，本來即是天下文章所忌。劉峻面臨這種考驗，謹慎地挑選七隻主要而甚有威力的箭矢，作為射穿中心主旨的工具，適可而止，絲毫不浪費任何一隻箭矢。這種向心的戲劇性動作，業已足够產生強勁剛猛的張力（Tension），另方面，每一隻向心箭矢本身，亦緣於對比（contrast）的作用而形成另一股張力。這些箭矢間，還存在著彼此凝結的要素，使這些箭矢互有脈絡交往而上下團結一心，未誤入無的放矢的歧途。對於這些微妙關係的闡釋，留待後述。

劉孝標對以上述的型態披露他的心態所作的明智的抉擇，得令後人擊節信服，因為後人模楷劉孝標「自序」，最主要還是在於效法他所發明的這種表達型態。

在舖陳於自序裏的七種比較之中，劉峻顯然皆傾倒於不幸的一面，於四異之中，馮衍難得擁有的好處固為劉峻所缺乏；於三同之中，馮衍的缺陷劉峻卻囊括淨盡。或有挑剔成性者認為「雄才冠世」或者「節亮慷慨」理應納入好的一面才是，實則不然，因為細究起來，這兩句隱伏著空有高風亮節與才華而始終不遇的最大悲哀，將之歸屬于惡劣淒涼的一面可以毫無愧色。上述所謂主旨，所謂焦點，便是指的這悲哀與自卑自憐的情愫而言。生存的鬱悒失志、老病孤苦的傷痛以及死後的千古蕭條寂寞，莫不是一種不幸、一種悲哀，劉峻的慧眼緊緊抓住這個主旨不放，步步為營，作剝筍式的比較和觀察，回顧過去，反省現在，最後索性將時空拓大，把自己推進廣袤無情的宇宙中，與馮衍對照，與無垠無際的宇宙和永恒的時間之流對照，而喚起一種深刻的「疾沒世而名不稱」的悲愴，與一股「渺滄海之一粟」的孤寂，貫穿全文的悲愴情緒至此猛然呈現尖銳化的狀態。劉峻這種表達型態，從表面乍看，誠如前面所說，瓜田李下，不免有點邏輯結構的傾向的嫌疑，好在內在的統一全文的「情感結構」(Emotional Structure) 很懂得救濟，甚至輕易掩蓋這不足為病的微疵。

劉峻所謂「同」，充其量也只是「近似」罷了，仍然含有隔一段距離而對立的意味在，不過這種對峙已獲得美學的調和；所謂「異」，根據前面兩人身世環境的介紹，可知依然具有共通性，雖然對比仍很強烈地存在。對比的功用，原來在促使互異之處趨于明朗化，較易為人察覺，劉峻似乎了悟這番大道理，善于操作既衝突而又和諧、似對立而又統一的對比，來和盤托出他的意念，因此根本不必透過煩贅不堪的敍述而自有一番無言的說明 (telling) 存在。劉峻巧妙地遣使似同非同、似異非異的這項美學技法，重複而變化 (Repetition Through Variation) 的遞交出一個主旨，這主旨便是前面提到的凝結七隻箭矢的基本要素，而這要素復進一步地將七種對比圓滿貫串起來。嚴密的「主題結構」，與鋒銳無比的張力就在這裏光榮地誕生。這股張力，聯合輻輳型態所形成的張力，並分別負責一份重任，支撐起「自序」這一短小精悍（全文僅只三〇一字）的建築，充分表現出生意盎然。反過來說，這些張力如果消失淨盡，「自序」勢必成為七寶樓臺，拆碎下來，漫不成片段，「文學結構」非得立即遭受瓦解的惡運不可。

更進一層，即使站在節奏的角度，也能發現結構的存在。排列在劉峻文中的「此〇同也」或「此〇異也」句型，於不定的間隔裏作反覆的演出，這種修辭學上所謂的「類」的形態❷，形成一種不流于單調的律動 (Rhythm)，這無疑是「自序」的主調節奏。倘使這種句型隔離一定的字數循環出現，儘管多少尚能藉賴心理的連續因素（Continuative factor）而製造律動，但無可置疑的，那種固定的律動則流于機械化，了無生氣之可言。劉峻的「辯命論」也嫻熟地運用這種句型，以「其蔽〇也」形式展開六蔽，其「廣絕交論」亦以類似的句型排比出五交其流和三釁來，足見劉峻頗爲明瞭這種美學原理的優點，經常使用並且能小心翼翼地控馭這種句型。

不可諱言的，語法結構的講究也是造成節奏的因素之一，從語法、詞類關係著手討論結果，即會發現這項事實。下面乃是自「自序」中順手拈來的例子：

①敬通值中興明君　②而終不試用

③余逢命世英主　④亦擯斥當年

①③兩句客觀的共同的表層結構（Surface Structure）如左：

名詞＋動詞＋形容詞＋〔普通形容詞＋名詞〕（賓語）

完全雷同的句子的成分所合力組織成的語法結構，在相對稱的位置平行排比開來，顯現出工整而有秩序，已足以形成相當于「類疊」辭格所產生的反覆的節奏。緊接在主詞、動詞後面的「中興明君」和「命世英主」兩句，皆是連續用兩個修飾詞層層堆砌到名詞上去，而分別作爲「值」與「逢」的賓語（Object）。這種結構猶之一個模型（Pattern），根據朱光潛在「詩與樂——節奏」一文中的論點，這個型一經印烙在心裏層面立刻形成一種心理上的模型，讀者當會不知不覺地依循這種模式去適應，花費一番心力甚至調節注意力的張弛以及肌肉的伸縮，節奏的快感於焉順利誕生。

作爲承接上句的②④兩行句子分別爲①③兩句的結局，它們的語法表層結構即是：

②聯詞＋時間副詞＋否定副詞＋動詞

④聯詞＋動詞＋時間副詞

這兩個意義相似且字數一樣的五言句，句子的成分近似，而詞類的位置的安排卻迥異，與①③兩句的規律性不可相提並論。時間副詞（adverbs of time）與動詞之所以互相交蹉相對，其意不外乎在製造適度的變化（Variety），以便①至④連續之際，維持統一中含具變化，而矛盾變化之中復暗藏雷同，方才不致於落入單調板相，完全符合「多樣的統一」與「共相的分化」的美學原理；而在這種句法結構下所產生的節奏律動，方才能達到抑揚頓挫與活潑多姿的效果。

「自序」一文，句子的組成最少兩字，最多長達九言，而以四、五、六言句居多；要之，以四言爲主幹。統計結果得到下列明細表：

一言	0
二言	2
四言	27

五言	六言	七言	九言
13	11	7	1

四言總共二十七句，其次五言爲十三句，再其次六言有十一句，根據楊國樞先生心理實驗結論，四、五、六言因爲單調的重複稀少，比較不易萌生疲倦和厭煩的感覺，換言之，感度比較高昂❸。「自序」儘管牢騷通篇，怨懟失志之言俯拾皆是，但基于劉峻頗能巧妙地運用許多快感度高而強的句子，加以語序正常（具有破壞性句法，足以阻礙節奏的順利進行的「世不吾知」，此一倒裝句則爲例外），簡鍊明快，俾讓讀者爲文中濃烈的哀傷所感動、所籠罩。劉峻多用鏗鏘有力的四、五言句型，固然是受當時的駢文風氣影響所致，然而，他亦必自有企圖「透過四、五言的個性來造成節奏的緊促」的一番明睿的居心。即從另一角度而言，由於四、五言句朗讀時必是四、五字連讀才得有一停頓，它們自然也能造成音樂性乃是不言而喻的。雖然這些四、五言句並不押韻，而且語法結構並非全同。簡鍊的四言句的大量使用，尤其便于明確的解說和敍述，此外還特別具有一種示意作用（Signification），即是這種語調（tone）本身，足以孕育十分濃摯的情感。這種遽躍的節奏（Disjunctive rhythm）密切配合前面談到的虛字、散行所釀的流宕活潑

律動，以及主調節奏，由句法結構所產生的律動等，水到渠成，遂形成了完整而統一的「節奏結構」，使之自然吐納於喉吻之間。

這篇古文的另一個特色，即是意象之間呈現統一性，絕非隨意敷衍成篇的。劉峻自況時每每出之以秋草、犬馬、骸骨、疾、魂魄、聲塵、病、寂寞、轗軻、顚覆、僕圉、溘死等，具有卑微衰滅性質與意指的意象詞彙，這些意象詞彙與所謂的「語義類型」均能服役於悲愴的主題，來形成互相應和的表現秩序。換句話說，達到完美無瑕的「意義結構」，圓滿地掌握T・S・艾略特所說的「客觀投影」(Objective Correlative) 的效果。

一般對美好的駢文所作的嚴格要求，顯然不外乎屬對精密、下字清新、聲調諧美、情文相生、次序謹嚴以及篇有勁氣，這些標準，從以上抽絲剝繭的分析中，可以明確地知曉「自序」是完全圓滿到達。顯而易見的，劉峻努力經營的意象結構、感情結構、節奏結構與主題結構，無一不在作品的實踐中作極其密切的搭配，而形成有機的、瑜美無玷的「文學結構」。

【附　註】

❶ 詳見高雄師範學院師院文萃第十四期，黃慶萱：劉峻自序析評，此文六十五年復曾披露于中央副刊。

❷ 見黃慶萱先生大著「修辭學」第二十二章：類疊（三民書局）。

❸ 見楊國樞先生：「心理與教育」中的「中國舊詩每句字數與快感度的關係」一文。（晨鐘出版社）

第二輯

孟浩然如何懷念故人

——談「秋登萬山寄張五」

秋登萬山寄張五　　孟浩然

北山白雲裏，隱者自怡悅。
相望始登高，心隨雁飛滅。
愁因薄暮起，興是清秋發。
時見歸村人，沙行渡頭歇。
天邊樹若薺，江畔洲如月。
何當載酒來？共醉重陽節。

這首詩的創作動機是：登萬山遙念故人，情動於衷而形於言，遂寫下這首寄懷的五言古詩。

本來應該是因登高山而懷念起故人來的，題目卽如此顯示。可是作者卻將這次序顚倒，首兩句先從友人處下筆，短短十字，卻能扼要地介紹出友人的生活環境和性格。「白雲」不但是實景實寫，同時也是聖潔、悠閒的象徵。古代有德行的隱士，經常以白雲自居，因之「白雲」在此，亦能襯托出張五的性格來。在北山的白雲之中，安適自樂，與世相忘，張五的影像如在眼前。更進一層而言，首兩句固然寫張五歸隱閒逸的生活面，也暗示孟浩然內心深處的嚮往。

此詩到第三句才點出「登山」。爲了與友人相望，才登上萬山，這種念頭令人感動，從而可知孟浩然與張五情誼隆厚。萬山兩字，明活字本孟浩然集、全唐詩等均作「蘭山」。蘭山在今甘肅省境內，爲浩然足跡所未曾及之地。萬山卽漢皋山，在襄陽縣西北，是孟氏常遊之地，所以應該作「萬山」才對。三、四兩句，其來有自，顯然是從唐人獨孤及的「日南望中盡，唯見飛鳥滅」脫胎而來的。本來滿懷希望向北山遠眺，結果卻失望了，因爲無法望見友人。從想望頗切至失望至極，由肯定到否定，自喜悅轉爲哀傷，這種心理轉變過程，透過作者高明的表達技巧而凸顯出來。「心隨雁飛」是從上句而來，在高高的萬山上眺望，一顆盼望的心隨着秋雁飛翔，正足見想望之切。可是句尾一個「滅」字，卻將那種美好的心情全盤否定了。「心隨雁飛滅」句的技巧頗像柳宗元的「千山鳥飛絕」（江雪），柳宗元這一詩句的主要目的在寫空無，但他並不直截了當的寫空無，倒先呈現一片「千山鳥飛」的熱鬧場面，呈現出「實有」的世界。然後突然冒出一個「絕」字，把那幅熱鬧景象一筆抹煞，使讀者的印象產生極大的變化。這種手法很能將寂滅空無的感覺淋漓盡致地發揮出來。孟浩然委實很懂得這手法的妙處。

五、六兩句在此詩中舉足輕重，擔任橋樑的角色，具有承上啟下的任務。「愁因薄暮起」顯然是承接第四句的，既看不到友人，希望澈底落空，又置身於蒼茫暮色中，獨立無依，難過憂愁之情油然而生。至于「興是清秋發」則是開啟以下諸句的。全詩脈絡分明，於此可窺一斑。前面的「雁」字，已暗點題目所示的季節，這五、六兩句則正式明點「秋」。不過，這兩句並非十全十美。它們的疵病在于與第四句的句法雷同。四、五、六三句的共同文法結構誠如下示：

名詞＋動詞（或虛詞）＋名詞＋動詞

在舊詩中，文法相同的句子如連續重複兩次，無疑可以產生節奏。但倘若連續出現三次，則會因單調呆板而令人感到乏味。

五、六兩句寫的是「情意」，七、八兩句則轉而描繪「景物」。村人歸來，行過沙灘到渡頭休息，作者輕淡地繪出一幅溪邊的暮景。在這幅景色中，僅只看到村人，正襯出不見張五，作者含蓄之處卽在于此。接下來的兩句也是寫暮景，寫的是登高時，遠眺近觀的視覺感受，這兩句皆是標準的「明喻」。「天邊樹若薺」句，「天邊樹」是「喻體」，「薺」是「喻依」，其「意旨」則是樹十分渺小，但未道出。這一句寫遠景。「江畔洲如月」則寫近景，它具有「多義性」，因爲「意旨」並沒說清楚，到底是洲像月亮那般皎潔，抑且洲的形狀宛如月亮？完全讓讀者去自由領悟。九、十兩句，字字對仗，遠近景相映成趣，很有畫意，不愧爲孟浩然的名句。

此詩發展至「何當」，可說是一個明智的轉折。以訂約招飲總結全詩，來申寄望之意。這結尾兩句即點出「寄」字。「重陽節」亦用得適切，它不但照應「秋登萬山」，而且也與「清秋」遙相呼應，其章法之整齊，心思之細密，眞是令人佩服。

性喜隱居的孟浩然，乃是盛唐田園詩派重要作家之一，他的詩沒有瑰麗的景色，沒有壯偉的氣勢，亦無激昂的聲響和情緒，詩中的景物皆是平淡的，屬于山林鄉野的，而他閒逸的胸懷便從這些景物流露出來。這首五古，輕描淡寫，娓娓道來，對故人張五的懷念之情躍然紙上。孟浩然如何懷念故人，讀者一目瞭然。而孟浩然的胸襟，孟浩然的筆法，從此詩亦可管窺一斑。

孟浩然「夏夕南亭懷辛大」淺說

夏夕南亭懷辛大

孟浩然

山光忽西落，池月漸東上。
散髮乘夕涼，開軒臥閑敞。
荷風送香氣，竹露滴清響。
欲取鳴琴彈，恨無知音賞。
感此懷故人，中宵勞夢想。

這是一首在夏夜懷念故人的五言古詩。

全詩從太陽西下月亮東昇寫到中宵時分，職是之故，時間應該屬於「夕」而非「日」，因此有人認為題目「夏日南亭懷辛大」實在不妥，宜用「夏夕」取代「夏日」方才合理貼切，何況宋人李昉所編的「文苑英華」卷三一五亦作「夏夕」，可見此說實非憑空臆測。蕭繼宗先生在「孟浩然詩說」一書中指出：

……如據此以證題面必為「夏夕」，則近於膠執，蓋舉「日」以概「夜」，固常用語也。

蕭先生的這種說法並不能令人信服。懷念友人辛大乃是孟浩然此詩的主題，而這主題直到結尾處才道出，即在第七、八兩句，也就是近尾聲時，才對主題作了明示。而在此之前，字裏行間卻毫無思念友人的跡象可尋。這種鋪排方式頗耐人尋味，作者下筆亦從容不迫，讓讀者在清淡徐緩的調子中，終於感受到作者懷友之深切。難怪蕭繼宗先生「孟浩然詩說」頁四十四對孟氏詩法有極中肯的佳評：

大抵襄陽為詩，思路極細，而出語似不經意者，此是高一層工夫。後人刻意雕鐫，即令極工，終落第二乘。蓋造作之功顯，而自然之韻失也。

此詩首四句乃是山居生活情景的實際描繪，遠處的山光，近處的軒窗、池月配合着作者的散髮，構成一幅清閒的夕景。三、四兩句透露出作者內心的舒逸與個性的洒脫不拘，而其中最能透露這種心性的意象要推「散髮」兩字了。

古人日常皆束髮戴冠，行爲合乎禮節，而與束髮戴冠相對的便是解冠「散髮」，因此「散髮」象徵不拘小節、洒脫浪漫的一面。古代隱士多散髮深居於山林之中，因此抽簪之後的「散髮」形象往往也象徵隱士的生活及心態。後漢書袁閎傳載：

延熹末，黨事將作，閎遂散髮絕世，欲投迹深林。

南宋虞玩之傳則記載：

玩之東歸，王儉不出送，朝廷無祖餞者，中丞劉休與親知書曰：「虞公散髮海隅，同古人之美，東都之送，殊不藹藹。」

從上引兩條史料，可知「散髮」象徵隱逸是有根據的。約定俗成，古代詩人表達閒逸的隱居心態時亦常用「散髮」一詞，例如李白「宣州謝朓樓餞別校書叔雲」中的：

人生在世不稱意，明朝散髮弄扁舟。

孟氏此詩中的「散髮」亦不例外，說它是隱逸的代名詞，是很符合孟浩然內心的嚮往和實際生活情況。

接下來的四句可說是全詩最唯美最動人之處，也是技巧最佳的地方。作者披散着頭髮乘涼，面對着窗外舒適自在地躺着。在這時候，他聞到飄散在空氣中的荷香，聽到露水滴在竹葉而發出的清香，多麼美好的境界！蕭繼宗先生對這情景有極好的贊詞：

「荷風」一聯，爲篇中極有韻味之語。此景固自常見，襄陽亦不過信手拈掇，以極尋常語出之。略無雕飾刻劃之跡，而自成馨潤。

其實「荷風」一聯的優點不僅此也，第五句寫出嗅覺感受，第六句則說出聽覺感受，安排得十分好。而且「荷」和「竹」在此也有暗示功能。「荷」是出汙泥而不染的植物，「竹」因有環節故自古以降常用以象徵貞節，這兩種植物暗示了孟浩然隱居的心態，頗能與「散髮」一詞前後呼應。

第七句乃是由第六句引起的，因淸響而聯想到琴音，不禁動了取琴彈奏之念，詩思的推展十分自然。更進一步言，第八句又是從第七句衍生出來的，作者從彈琴之舉想到無人共賞琴音。自「荷風」一句以迄「恨無知音賞」，是層層逼進的，作者頗能因句生句，因意生意，但皆出諸自然渾成，全無斧鑿之痕。這就是孟浩然高明之處。

最後兩句則由「知音」引發的，由「知音」聯想到知已辛大來，此詩之主題至此方才顯露。總的說，前面六句是寫景，後面四句轉入抒情，且轉得天衣無縫。表面上沒有激昂的情緒，只有平淡的景與事，實則懷友之情十分深篤。而浩然從淡處寫來，更見深情隆意。爲了點出結尾，作者採取循序進展的方式，使思路朝向作爲重心的結尾推進，讀者讀之，亦有如倒吃甘蔗，甜頭到最後才嚐到，更覺得韻味無窮了。

淺談孟浩然的一首詩

永嘉別張子容　　孟浩然

舊國余歸楚，新年子賀正。
挂帆愁海路，分手戀朋情。
日夜故園意，汀洲春草生。
何時一杯酒，重與季鷹傾？

在淺談這首詩之前，必須先解決幾個問題。第一個問題即是這首詩牽涉到兩個人物：張子容與襄陽人孟浩然，他們之間的關係究竟如何？欲欣賞此詩委實不能不先瞭解這點。根據「唐詩紀事」這本書的記載：「張子容……與孟浩然友善。」，以及「唐才子傳」一書所說：「子容，襄陽人。……初與孟浩然同隱鹿門山，爲死生交。」，可以知曉張子容和孟浩然非但同樣是襄陽人，而且私交甚篤密。

第二個要解決的問題卽是孟浩然撰寫這首詩時，他和友人張子容到底處於何種環境？遭遇如何？從詩的題目，便能輕易得知孟浩然是在永嘉這個地方和張子容分手的。永嘉在唐朝時隸屬於江南東道溫州的永嘉郡，也就是今日浙江省的永嘉縣，靠近東海。這時孟浩然業已免辭官職，一心慕想隱居，而張子容本來貴爲四品高官，此時亦一落千丈，被貶謫到偏僻的海隅擔任九品的小官——樂城縣令，兩人的官運皆不亨通。

最後便是這首詩創作年代的問題。孟浩然挂官後，於唐玄宗開元二十六年冬天，因爲故人張子容在永嘉當樂城縣令的緣故，所以他便從故鄉襄陽遠赴永嘉，來找知己敍舊，他的「永嘉上浦館逢張八子容」、「歲除夜會樂成張少府宅」等詩，卽是這一年歲末的產品。翌年，也就是開元二十七年春天，孟浩然與張子容共渡歲末，短暫相聚之後，卽打道回府，自永嘉動身北返襄陽，這首詩無非是在這年新春撰寫成的，這時孟浩然已五十一歲了，翌年他便與世長辭，所以這首詩可以說是他晚年的作品。

這三個問題圓滿解決以後，才能對這首詩所描繪的景象和情感，擁有正確而清晰的認知，且較能受其感動而回味無窮。時下有些古詩賞析的文章，往往棄作者身世及詩中所敍述的環境背景於不顧，難免愈賞析愈離譜。廓清上述三項問題，再談這首詩，則可以防止「離譜」的現象發生。

首聯：「舊國余歸楚，新年子賀正」兩句，簡單地道出作者與張子容兩人的行爲動向。「正」是針對「新年」而言，「楚」則是針對「舊國」而言，當作故鄉解釋。所謂「舊國」、「楚」，其實皆指湖北，這是孟浩然的目的地，因爲他是襄陽人，襄陽位於湖北省境內，而湖北在古代爲楚國領土的一部分，所以亦稱「楚」。上一句說：我要返回舊時稱爲「楚」的地方去，也就是要回到湖北去，更準確地說，回到故鄉——襄陽，下一句中的「賀正」一詞卽是祝賀新年的意思，這一句表示：我要歸鄉時，正好值一年之始的新年，而你（張子容）卽在永嘉祝賀這個萬象回春的節日。此聯上下兩句暗寫喜、悲兩種正好對立的情感，上一句寫孟浩然準備啟程返鄉，其心中當然懷有一份喜悅，而下一句指出張子容卻仍須留在外地，不能回自己的家鄉歡渡新年，字裏行間隱藏着一份哀愁。

「子」字之下兩字，元本以及唐百家詩明嘉靖間刋本這兩個本子均作「賀正」，但江南圖書館所藏的明刋本卻作「北征」，蕭繼宗先生在「孟浩然詩說」一書中指出：

「賀正」一作「北征」。子容次歲北還，事無可考；如果在新年，則必與浩然同道，因浩然離永嘉亦在新春也。玩此詩則子容仍留貶所，似以作「賀正」爲近。（頁一三八）

蕭先生秉持史籍並沒有隻言記載張子容在此年「北征」，及整首詩所顯示的意思爲主要理由，來證明張子容仍留在永嘉，職是之故，用「賀正」比較合理。這無疑是極正確的看法。

這一聯具有相當工整的對仗情況：「舊國」對「新年」、「余」對「子」、「歸楚」對「賀正」，再進一步而言，這聯同時亦擁有「當句對」，換言之，在一句之中有對仗的情況產生：「舊國」對「楚」，「新年」對「正」。這樣的「當句對」，意思重複，因爲「舊國」即指「楚」，「新年」即是「正」的意思，詩評家稱此現象爲「合掌」，是一項很拙劣的對仗技巧。孟浩然似乎有意製造「當句合掌對」，此雖然失於拙劣、呆滯，但正好足以作爲斷定「子」下兩字應爲「賀正」的理由，如果作「北征」，那麼此聯只有上一句具有「當句合掌對」的現象，下一句便無此現象了，這似乎不是孟浩然的本意吧。

頷聯三、四兩句除承接上聯的意旨以外，更進一層地詳細說明分離時實際的情與景：「挂帆愁海路，分手戀朋情。」，「挂帆」即行船之意，永嘉瀕海，孟浩然沿海北上返鄉，先走水路，所以會有「帆」、「海」這些意象出現。上一句說：乘帆船在海上，心中不免感到哀愁。下一句接著說：與友人分別，實在依戀不捨。

情意兩字，通常連用在一起，此詩的頷聯與腹聯卻分別描寫這兩個字，即是將兩字拆開，分別敍狀，頷聯以「情」字作結，這一聯便緊接著單寫「意」：「日夜故園意，汀洲春草生。」，上一聯的「情」是指人與人之間的情感，所描寫的空間是在永嘉海畔；而此聯的「意」則是指人對故鄉的意念，所呈現的空間則自永嘉轉移至故鄉——襄陽。上一句說：日日夜夜都懷念故鄉，接著便寫出故鄉寥落的景象，「汀洲」指水中小州，下一句說：故鄉水中的小州都已長滿了春草。這一聯完整的意思是：在這種美好的季節裏，故鄉水中的小州業已長滿了春草，但我們仍流浪在外，無時無刻不懷念著故鄉。孟浩然與張子容在遠離故鄉的外地，官場失意之餘，又皆飽嘗思鄉之苦，年過半百的孟氏在春天與張子容分手時，依依不捨之間，復想起故鄉景象，心中眞是無限哀惋。

中間兩聯正好充任首、尾二聯的橋樑，第二聯上承首聯，第三聯則下開尾聯。而中間兩聯本身亦有關聯在，誠如前所言，一聯寫情，一聯狀意，足見此詩劃分數層，依序展開，層層相扣，結構甚爲嚴謹。

尾聯屬於詰問形式：「何時一杯酒，重與季鷹傾？」，上一聯已明顯地點出故鄉，此聯卽進一步地完全站在已返回家鄉的立場來說話。孟浩然於末句將張子容比喻爲季鷹。季鷹是晉朝文人張翰的字，他是吳郡吳人，才華相當高，詩文的創作亦頗著名，個性縱任不拘，不求名利，自認爲「山林間人」。有一次他向同鄉顧榮表明他決定隱居的意念，並且奉勸顧榮當官要特別小心。顧榮被張翰求退之心感召，亦萌生退隱之意。張翰遂因秋風吹起而聯想及故鄉吳郡的蔬菜蓴羹鱸魚膾，然後感慨萬分地說：

人生貴能適志，何能羈宦數千里以要名爵乎？

孟浩然顯然有意利用這個「西風蓴膾」的典故，來規勸張子容，希望他能向季鷹學習，千萬不要爲了名利，被貶到離故鄉數千里的窮鄉僻壤當小官而仍不知返。蕭繼宗先生對此詩尾聯作如下的評語：「以季鷹勖勉子容，冀其飛倦知還耳。」，實在深得孟浩然詩意。在這一聯，孟浩然問張子容：什麼時候你能效仿張季鷹那樣，罷官回到故鄉隱居，與我開懷暢飲呢？

「季鷹」兩字，影宋本作「李膺」，大概係因「季鷹」與「李膺」字形相近所導致的譌誤。用「李膺」兩字，則誠如蕭繼宗先生所言「擬人不倫」，因爲根據後漢書黨錮列傳第五十七的資料顯示，李膺字元禮，後漢潁川襄城人，個性正直高潔，在朝廷爲官，卻不幸遭黨事而免歸鄉里，居住在陽城山中，後來又出任高官，那時陳蕃與竇武計劃謀殺宦官，因此重用李膺爲長樂少府，結果謀誅宦官之事失敗，李膺慘遭奸人害死。從李膺的生平、身世來看，李膺的確不適於用來比喻張子容，但以「季鷹」喻張子容，非獨季鷹身世、才情與張子容相近，而且二者皆姓張，喻意既明顯且善，極爲貼切。這便是主張宜作「季鷹」的主要根據。

這首詩雖有首聯「當句合掌對」的小疵，但不足爲病，整體而言，這首詩仍稱得上佳作，沈德潛在「唐詩別裁」中如此贊美孟浩然：「語淡而味中不薄」，這句評語其實亦可以冠於此詩上，的確，這首詩輕淡寫來，卻韻味十足，感情濃郁。

孟浩然在永嘉上浦館逢張八子容

·永嘉上浦館逢張八子容·

孟浩然

逆旅相逢處，江村日暮時。
衆山遙對酒，孤嶼共題詩。
廨宇鄰蛟室，人煙接島夷。
鄉關萬餘里，失路一相悲。

在解釋這首五言律詩之前，委實有必要簡略地介紹詩中人物張子容的身世，他和孟浩然的關係，以及有關此詩的環境背景。

張子容和孟浩然一樣是唐朝襄陽人，都曾當過官，而且同爲騷人墨客之流，他們之間經常有詩歌上的唱和往來，交情可以說非常篤厚，唐才子傳說他們「爲死生交」。子容在唐玄宗先天二年，當高高在上的四品官鴻臚寺卿，可惜不久便被降貶爲九品的縣令，那時孟浩然在仕途上也是頗不得志，失意之餘，孟浩然便雲遊四海，藉以發遣心中的苦悶。他從故鄉，也就是今日湖北省襄陽縣，遠赴濱海的浙江永嘉縣，去尋訪張子容，知己久別重逢，感觸良多，浩然有感而發，寫下這首極爲動人的詩。有了這一層了解以後，再來品嚐這首詩，才會有正確而又深刻的心得。

首聯便是對仗句：「逆旅相逢處，江村日暮時。」一開頭便很清楚地交代出兩人相遇的地點和時間，算是完成了「點題」。作者孟浩然與友人張子容相逢的地點，是在江邊村落中，上浦館這個客舍裏。時間正好是傍晚太陽要下山的時刻。簡單十個字，卻很明確地描繪出一幅知己在異地相逢的景象。

頷聯三、四兩句：「眾山遙對酒，孤嶼共題詩。」，寫的正是相遇時的文酒之會。既然是知己，又在異鄉相逢，當然免不了飲酒的場面，藉以敍久別思念之情。張子容也能寫一手好詩，因此開懷暢飲之餘，詩興大發，兩人便相邀一道作起詩來。在偏遠孤寂的海畔，一同題詩，從「孤」與「共」這兩個正好相對的字眼上，恰可以見出他們患難相共的友誼來，這情景十分眞摯感人。這一聯寫得相當出色，難怪王昌會在詩話類編中要這樣讚賞：「岑參鶯花朝送酒，山月夜供詩，不及孟浩然眾山遙對酒，孤嶼共題詩。」

接下來的腹聯便有了轉折的痕跡可尋：「廨宇鄰鮫室，人煙接島夷。」上一聯才描述相見時的歡樂場面，這一聯卻由環境的險劣而暗生慨嘆之心。由喜轉爲憂，這種變化可以感覺得到。第五句按照字面解釋卽是這樣：張子容的官舍與東海中蛟人的居室非常鄰近，其實已經隱含著張子容被貶謫到偏僻的海邊當小官這一層意思在。五、六兩句連讀並觀，可以感知作者面對子容所處的艱難環境，而隱隱發出傷痛之情愫。張子容本來貴爲四品官，如今一落千丈，降爲九品小官，卑處於天之一隅，海之一角，孟浩然想起他這位朋友的遭遇，豈能不感嘆？他在這聯中很巧妙地以景物的描狀，來作爲一種比喻和象徵性的表達，正是寓情於景的寫作手法。

孟浩然置身於此等情況下，油然聯想到自已離鄉背井以及命運多舛，感慨至此遂更深一層，更強烈了，而這種心愫便在末聯中完全不保留地表現出來：「鄉關萬餘里，失路一相悲。」鄉關就是故鄉的代名詞，所指的無非是孟、張兩人共同的故鄉襄陽這個地方。襄陽位在今湖北省西北，永嘉則位於浙江省的南端，兩地之間隔着安徽、江西兩個省份，距離實在極其遙遠。孟浩然與張子容這一回相逢，就在離故鄉萬餘里的異地，且兩者恰巧皆處在不得志的情況下，他們聯想到彼此身世的淒涼，再加上心中濃濃的鄉愁的影響，觸景傷情，不禁悲從中來，一齊萌生萬端的感嘆。在整首詩的安排中，這一聯來得十分自然順暢，我們不會對這聯的觸景傷情、思鄉情切感到突兀，那是因爲有了腹聯的伏筆的緣故。在唐汝詢的彙編唐詩評中，對這腹聯的五、六兩句的效用，有很高明的說法：「紀地之惡，起下失路意。」，換一句話說，七、八兩句是承接五、六兩句而來的。

如果說頷聯三、四兩句寫的是相見歡，那也不過是乍見之下的驚喜，事實上，兩個人的心情皆是相當沈重的，而這份心情在剛開始時，尚隱藏在內心深處，作者漸漸由外界環境的描寫，將那份情緒緩緩呈露出來，尤其從腹聯可以窺見這種含蓄的筆法。這種寫作技巧，就像把弓拉滿而故意不發射，等到最後一剎那，也就是末聯，才將箭用力射出去，因此力量至爲雄厚，也唯有如此，落魄的心境和思鄉的情懷才能更強烈地顯露出來，深深打動讀者的心弦。

李白的「春思」淺說

春思

李白

燕草如碧絲，秦桑低綠枝；
當君懷歸日，是妾斷腸時。
春風不相識，何事入羅幃？

此詩短短六句三十個字，卻和盤托出了怨婦思君的迫切與無奈。

首兩句描繪春天的景物。燕是現在的河北省，燕北地區寒冷，草生較遲。秦卽是現在的陝西省，秦南一帶氣候溫暖，柔桑早綠。所以當秦桑低垂著青綠的枝枒時，燕草才剛長得像碧綠的絲縷那樣。這兩句是平行並列的，換言之，是「對仗」的。所謂「對仗」，卽是指語文中上下二句，字數相等，句法相似者。對仗的名目極多，這兩句則屬於「事對」，它們扣住題目「春」字。三、四兩句則是垂直的，宛如水流直下，在詩法中稱爲「流水對」，語意一貫，而字字相對，其均衡匀稱的美感最爲自然。韋應物「淮上喜會梁中故人」一詩中的「浮雲一別後，流水十年間」，也是流水對的佳例，自自然然，沒有刻意求對的斧鑿之痕。這種對仗句的另一優點卽是，可以使上一句的節奏的行進持續到下句之中，而將節奏的流暢一以貫之。

寫情事的中間兩句其實是分別承接首兩句的。第三句承首句，將第三句的情事與首句的景色合併觀之，卽產生這樣的旨意：夫君剛萌生懷歸的心，就好像燕草之方生。第四句則是承次句的，將兩句的情景聯想貫串起來，便得到下列完整的意思：妾在閨房中長久地思念夫君，甚至已告斷腸，這就好比秦桑已低垂著青枝一樣。可以說，一和三兩句，二和四兩句，各形成了「比喻」。同時三、四兩句又形成了強烈的對比，一個在遠地正想回來，一個在這裏業已思念得十分迫切、無奈。這兩句正扣住詩題「思」字。

結尾兩句的節奏也非常順暢，那是由於它們屬於「奔行」形式的緣故。奔行亦可稱爲散行，它的意思是上下兩句是連貫的，而非平行的。其下句的主語業已在上句交代過，如作爲末兩句的主語的「春風」一詞，已在上句出現。這兩句把「春風」擬人化，當妾正對著遠地的夫君私語時，第三者——春風突然闖進來了。春風的春在此不但指涉春天，而且含有色情的意思在，這種說法並非憑空杜撰的，一般人也有以春字象徵色情的習慣，例如常見的「春光外洩」、「春色無邊」、「少女懷春」、「春宮電影」等。因此，春風在此詩中乃是具有挑逗性的，誘惑性的，它吹進掛在床上的羅幃裏來，企圖引誘正在思君納悶的妾，然而，妾雖獨守空閨，並不爲春風所動，足見其心意貞潔。爲什麼認定妾守婦德呢？這可從「斷腸」兩字判斷出，如果她不貞潔，何苦思君而致斷腸？從末尾兩句亦可得證明，「不相識」的否定與尾句的詰問，含有對春風排斥和抱怨的意思在。

有人一口咬定李白在這首詩中是以女子之貞潔來比喻自己的正直，這種說法實在牽強得很，不足採信。李白是爲怨婦設身處地，站在她的立場來寫成這首五言古詩，因此才有人不察，誤以爲李白在暗喻自己。

李白在月下獨酌

月下獨酌

李白

花間一壺酒，獨酌無相親。
舉杯邀明月，對影成三人。
月既不解飲，影徒隨我身。
暫伴月將影，行樂須及春。
我歌月徘徊，我舞影零亂。
醒時同交歡，醉後各分散。
永結無情遊，相期邈雲漢。

這首五言古詩前八句用上平聲十一眞韻，韻腳依次是：親、人、身、春。後六句則換韻，改用去聲十五翰韻，韻腳依次爲：亂、散、漢。有人因此主張這首詩應該分兩段，卽前八句爲首段，後六句爲次段。也有人認爲此詩宜分三段，就是首四句爲一段，下四句爲第二段，末六句則屬於第三段。爲了使解說具有層次，不妨將此詩劃分三段來看。

此詩表面看來似乎相當熱鬧，有月有影，載歌載舞，好像一片歡樂景象，其實正好相反，隱藏在字裏行間的卻是無邊的孤寂與悲愴，可以說，在歡笑的面具底下卻隱含著淚水。

首段四句呈現此詩的背景，直截了當地明示時間、空間與事件，卽是在花間月下，詩人獨自飲酒。「獨」字業已足够表露孤寂之感，又添加「無相親」三字，更見孤獨與悲涼。三、四兩句由首二句生出，爲了彌補心靈上的孤寂、空虛，詩人萌生了奇思怪想，招呼明月和影子來充作良伴。這兩句可謂高妙之至，開啟了以下十句，使這首詩沈入虛幻不實的想像裏，進入荒誕不經的醉話中。由於一連串不凡的想像與醉話的出現，而令全詩生動感人。明明只有一人，卻偏偏幻想成三人，把極靜的場面，刻意烘托得異常熱鬧。然而，眞的喧嘩熱鬧嗎？

在修辭學上有一種技巧叫做「擬人」，意思是擬物爲人，將外物「人性化」。這種技巧的基礎建立在「移情作用」上，所謂「移情作用」乃是把人的生命移注在外物上面，遂使原來只有物理的物具有人情，原來毫無生氣的物擁有盎然的生氣。李白此詩中的「月」與「影」卽透過這種修辭技巧而人性化了。但擬人歸擬人，畢竟「月」與「影」皆非血肉之軀，月亮當然不會飲酒，而影子也不過是一種虛幻，到底僅有詩人一個人在喝酒而已。換句話說，表面上看似十分熱鬧，實則萬分孤寂。雖然明知無生命的月、影不解飲酒的情趣，詩人卻仍一廂情願地想像它們能暫時陪伴著他，一起及春行樂。通過這種寫法，人生的荒謬與孤寂表露無遺。

九、十兩句是自「行樂」兩字生出的，更明確地說，詩人從「行樂」聯想及「歌」、「舞」。至於十一、十二兩句則綜合上述飲酒、歌舞的情況而言的，清醒時，月、影、我載歌載舞，一起享受歡樂，爛醉如泥後，三人各自分離。事實上，這些都是想像的，根本是子虛烏有之事。結尾兩句則更進一步，作荒謬的期望，盼願與月亮相期在忘情之中，高馳于天上雲霄，永不分手。其實這也是不可能實現的，一旦從想像中跌落到現實來，也就是從幻覺中回返花間月下，月亮仍是高高在上的月亮，影子仍是虛幻的影子，而我依然是孤獨寂寞的我。這才是千眞萬確的事，也是無可奈何的事。

全篇將「月」、「影」、「我」三字交互廻環地描寫著，使節奏順暢，氣勢流宕無礙。其章法結構相當嚴密，非但能因句生句，因意生意，一層一層寫來，又能前後呼應無間。然而讀起來使人覺得詩人隨意脫口而出，純乎天籟，並非有心經營、雕琢。淸人沈德潛在「唐詩別裁」中指出：「此種詩，人不易學。」委實不是溢美的話。李白詩向以飄逸瀟洒、縱橫變化見稱，從此詩中可以管窺一斑。

陳子昂感遇第三首

蒼蒼丁零塞，今古緬荒途。
亭堠何摧兀，暴骨無全軀。
黃沙漠南起，白日隱西隅。
漢甲三十萬，曾以事匈奴。
但見沙場死，誰憐塞上孤？

這是一首十分標準的「邊塞詩」，「邊塞詩」在盛唐能够蓬勃興昌，蔚爲大觀，陳子昂實在功不可沒，因爲他寫過爲數不少的「邊塞詩」，而且都很出色，稱得上唐代「邊塞詩」開山元老之一，這首詩便是典型的例證。在武則天后垂拱二年，亦卽陳子昂二十六歲那一年，他追隨唐朝將領喬知之北征，討伐亂賊僕固等人，路過丁零塞這個地方，感慨繫之，而寫下這首詩。

第一聯：「蒼蒼丁零塞，今古緬荒途」，說站在廣大的丁零塞上，面對著荒凉的道路，從古代一直想到現在。任何人置身於古蹟中，多多少少會思今懷古，詩人的感情最豐富，當然更會引發這種心情和念頭，何況這又是一個很特殊的古蹟。而這古蹟有什麼特殊之處呢？我們繼續看下去卽會知曉的。

第二聯：「亭堠何摧兀，暴骨無全軀。」這眞是一幅觸目驚心的遺蹟。上一句詢問那些孤高的土堡爲什麼被摧毀了呢？曾經是堅固、完整的軍事建築，如今只剩下殘破不堪的樣子，不能再用來窺伺敵人了，已沒有任何軍事價值可言。下一句的景象更是驚心動魄，說地上到處都是殘缺不全的屍骨，東一塊，西一根，凌亂地散置著，這是戰爭所帶來的悲慘後果。人死已經足够令人同情、傷心，而死後還不能保留完整無缺的軀體，連安葬之所也沒有，實在令目睹者更哀痛和悲憫。這一聯把戰後的殘景寫得眞實而動人。

接下來的一聯：「黃沙漠南起，白日隱西隅。」指出黃沙從漠南這裏飛揚起來，漫天都是飛沙，而這時正是太陽沈下西山的時刻，是邊塞風光的實際描繪。詩人寫這一聯的另一目的是要製造氣氛，製造滿目瘡痍的氣氛，以便更深一層地打動讀者，因爲在這種氛圍之下，我們再回頭看上一聯所述的亭堠和暴骨，想起殘敗的土堡和那些孤魂野鬼，對於戰爭所帶來的種種禍害，眞是既驚悸又憐憫。第二、三兩聯顯然是承繼第一聯次句的「今」字的，描寫的都是現在所看見的場面。

第四聯則是承接首聯次一句的「古」字的：「漢甲三十萬，曾以事匈奴。」詩人在此運用了一個典故，即是歷史上有名的「平城之役」，「漢書匈奴傳」記載這件事，說漢代有一位名叫噲的上將軍，因漢高祖劉邦在平城（在今山西省境內）被匈奴大軍包圍，而領漢兵三十二萬人，前去攻打匈奴，但終不能爲漢高帝解圍。詩人從眼前大沙漠的景色，想起在這沙漠上發生過的古代的事情來，他說漢朝三十萬大軍，曾經在此與匈奴對抗過。他還透露出第二聯中的「暴骨」的來源，原來是「平城之役」留下來的。

前面四聯都是寫景，最後一聯便轉入感慨，這便是詩論家所謂的「感物詠志」結構，就是先觸景，而後終於不禁傷情了：「但見沙場死，誰憐塞上孤？」上一句說人人只看到戰死於沙場的那些兵士。第二句中的「孤」是指陳子昂自己，這句說誰會憐惜站在丁零塞上孤獨的我呢？黃昏時分，獨自站在丁零塞放眼望去，看到漠南慘不忍睹的淒涼景象：土堡殘壞、屍骨遍野、黃沙滿天，而聯想起那些死去的將士，有所感嘆。緊接著更進一層，由亡故的將士而聯想到自己來了。詩人所面臨的是遼遠而又蒼茫的空間，還有從漢代到唐代這一段漫長的時間，詩人的個體一和這長遠的空間、時間對比，就顯得渺小而無依，因此他不由得興起類似於「念天地之悠悠，獨愴然而涕下」這樣的心情。

這首詩一層一層循序寫來，心情則一層比一層沈痛。在章法上也十分講究，首聯的「今古」兩字正好下開二、三、四聯。二、三兩聯接應「今」字，而第四聯則與「古」字遙遙呼應，層次十分井然有秩。末聯則作爲前面四聯的總結，前四聯是「環境」的敍述，最後一聯則是「心境」的描寫。

詩人所用的空間意象都極其龐大，例如：丁零塞、荒途、漠南、西隅、沙場，數量也極大：三十萬，所以讀起來有雄偉崇高之感，另方面由于詩人所敍之情相當沈重、激昂，這些心情都爲死難的將士及自己的命運而發，因此也達到美學家所說的「悲壯」的境界，這也是歷來「邊塞詩」的特色之一。

陳子昂感遇第二十二首

微霜知歲晏，斧柯始青青。
況乃金天夕，浩露沾群英。
登山望宇宙，白日已西暝。
雲海方蕩潏，孤鱗安得寧？

一般人對陳子昂的認識相當有限，大概只知曉他曾寫過一首膾炙人口的「登幽州臺歌」吧，其實他尚有不少佳作流傳下來，這首相當出色的詩便是一個現成的例子。而一般人對陳子昂身世的了解，更是膚淺，由于這首詩牽涉到他的身世，以及他所處的環境、背景，所以以下特別簡略地介紹陳子昂這個人。

陳子昂字伯玉，四川梓州射洪人，在唐睿宗文明初年，高中進士，因爲他的確具有出眾的才華，而且心地忠厚，言辭又正直、慷慨激昂，武則天非常賞識他，賜給他「麟臺正字」這樣的官職。等到武則天稱帝專政，改號爲周以後，他又升職，當了「右拾遺」的官。那時北蕃、生羌、契丹等外族，屢屢在邊境叛亂，唐室接二連三地派遣軍隊去鎮壓，陳子昂處在國家動亂不定的時局下，卻仍端正不阿，非但如此，他還敢於直諫，每次目睹朝廷處事有不當的地方，就撰文向上級反應，不惜冒死據理力爭，因此他常得罪一些爲非作歹的官員，他的敵黨都將他視作眼中釘，時時設法排擠他、誣害他。甚至武則天本人到後來也對他起了疑心。在那惡勢力抬頭的時代，忠臣都不敢吭聲，陳子昂卻始終站在公正的立場說實話，絕不向惡勢低頭，這樣難免會招致不幸，他三十四歲時，終於爲人所害，被關入監牢裏。陳子昂眼見國家多難，奸臣爲非而忠臣往往遇害的局面，心中頗有深長的怨嘆，這首詩便是反映了這種心情。

首聯兩句：「微霜知歲晏，斧柯始青青。」，「微」是少量的意思，「微霜」即是少量的霜。詩人看到少量的冷涼的白霜降下來，知道已經是歲末時分了，第一句是實際景色的描寫，同時也含有「言外之意」，就是說他看到國家艱困、腐敗，好像冷霜一樣，他察覺到國家已步入末期，距淪亡爲期不遠了。

在這個時分，那些砍伐植物用的斧柄正派上用場。具有殺傷力的「斧柯」，在此象徵著惡勢力，而這些斧柯究竟要砍什麼植物？它們所要找的對象是什麼呢？答案就在下一聯中。

頷聯兩句：「況乃金天夕，浩露沾羣英。」上一聯只說「歲晏」，這裏便直接點出季節：金天夕，也就是秋天快過了而冬天就要來臨的時分。這時大量的露水正四處沾染著菊花。「羣英」在此比喻朝廷中那些節操高潔的忠臣，而「浩露」則是比喻強大的惡勢力。第二句的意思是說惡勢力在迫害一些無辜而高潔的忠臣。至此我們才知道，原來「斧柯」要攻擊的對象便是「羣英」，同時我們也發現「羣英」所受的是雙重壓力：「斧柯」與「浩露」，奸臣的惡勢迫害忠良到這種地步，實在令人慨嘆。秋天這個季節容易引人憂愁和不安，而秋天景象的蕭條也令人想到正在衰敗的事物，所以歷來文學家往往利用「秋天」，來比喻國家危急困頓，「金天夕」在此詩中就有這層意義。國家多難，奸臣弄權，忠良被陷，這種非常令人憤怒不平傷心難過的事，陳子昂居然全用外界景物來暗示，而不直接說出來，正是他棋高一著的地方，以下他也是用這種寫法來表達。

腹聯兩句：「登山望宇宙，白日已西暝。」古人喜歡登山，這是從古代詩歌中可以輕易發現的事實，特別是不得志的忠臣賢士，往往將登山活動當作發洩心中鬱悶，或者逃避奸臣陷害的主要途徑。六朝文人便輒有登高之舉。因爲爬到高山上去，心胸就比較開濶，而且綺麗的大自然可以使人忘卻憂愁和苦惱，把人世上一切不平的事，都忘得一乾二淨。陳子昂受到奸臣迫害，所以他想登山去發舒心中的苦悶。然而他登山看到廣大無比的宇宙，果眞能忘卻煩憂嗎？從「白日已西暝」這句，我們知道他眺望的結果，所看到的卻是夕陽西下的殘景，白天山裏面明媚的景色已不復存在了。這一聯也有深一層的意思在，但乍看之下是不會察覺出來的，因爲陳子昂寫得相當含蓄。這一聯的深意是說他渴望看到太平盛世，然而映入眼簾的竟是黃昏的景象——黃昏暗示著唐朝陰暗、腐敗的政局。爲了避難，他作登山之舉，懷抱著期望的心情眺望，結果仍然令他失望，這是何等令人心碎的事啊！在這種情況下，除了更令他煩憂外，他還想到什麼呢？我們繼續看末聯便會知道。

末聯兩句：「雲海方蕩潏，孤鱗安得寧？」這聯顯然是承接上聯而來，說他看到傍晚的雲海正在洶湧起伏，那麼在雲海中孤單的鱗怎麼會安心呢？「雲海」比喻他所處的時代環境，而「孤鱗」便是比喻陳子昂自己，古代往往以龍、鱗比喻很有仁德的人，陳子昂的確當之無愧。而在「鱗」字上加添一個「孤」字，使我們了解這個有仁德的人因爲備受排擠、誣陷，所以他的心境是寂寞的，處境是淒涼的。這一聯完整的意思是：孤寂的仁者置身於浮沈不定政局中，怎麼會得到安寧呢？

這首詩的意象可以劃分成三組，一組代表邪惡，如斧柯、浩露等；第二組象徵善良的一面，如羣英、孤鱗。其他如金天夕、蕩潏、白日已西暝等則暗示當時政局的陰暗、腐朽，這是第三組。這首詩全用比喻、象徵的手法，而且使用得非常貼切，下筆極其含蓄、收斂，一片忠臣赤子之情，隱藏在字裏行間，如果不了解他的身世、背景，而且不加以仔細欣賞的話，是不易察覺出來的。

辛夷塢的境界

辛夷塢　　王維

木末芙蓉花，山中發紅萼。
澗戶寂無人，紛紛開且落。

此詩是赫赫有名的輞川集二十首之一，爲王維晚年的作品之一。首句卽呈現一個特寫鏡頭：「木末芙蓉花」，視覺全集中在木芙蓉樹的末梢，末梢上的芙蓉花。這一句並不能獨立起來，因爲它僅是一個簡單的意象，而非完整的句子，只提到長在樹梢的芙蓉花而已，至於芙蓉花到底怎麼樣呢？並沒有下文作淸楚的交代。直到第二句出現：「山中發紅萼」，我們才知道芙蓉花正在廣大的山裏，綻開紅色的花朶。空間由第一句的「點」擴大成「

面」，我們可以想像紅顏色的花在寬廣的山中開放的情況，那眞是一幅漂亮的畫。所以說第一句和第二句必須合併起來看，才能構成一個完整的意思，通常我們稱這種現象爲「奔行」，也可說是「散行」。

花蕚剛剛生長，好像初生的嬰兒一樣，所不同的是嬰兒呱呱落地帶來一片哭聲，而花的綻放根本毫無聲音可言。

第三句：「澗戶寂無人」，把原來業已寧靜的生長現象，更加寧靜化了。說谷裏住戶沒有半個人影，一切都闃然無聲，沒有任何人在這山塢中走動、干擾，我們所見到的只是木芙蓉獨自靜靜地長着紅色小花，宛如小小的生命在生長，然而，花開了、花生長了又如何呢？

結尾一句：「紛紛開且落」，終於透露出花的結局。紛紛是眾多的意思，表示單一的生命卻有着繁多的生產量。這一句說：無數無數的芙蓉花開了，可是，旋卽又謝了，凋落了。

整首詩乍看之下，似乎非常簡單平凡，但深思之餘，卻又不然。難道作者就這樣僅作膚淺的描寫嗎？只記敍寂然的山中芙蓉花綻放和凋謝之實際情形，而沒有任何用意嗎？當然不是的。王維在自然萬物中抽樣，擇取他在輞川別墅中所能見到的木芙蓉爲代表，來展現自然萬物所共有的生、死現象和哲理。花、草、樹木、飛禽、走獸、人類等無一不具有生死現象，而其中以人類對其自身的生死所引起的感應最爲深刻，人類往往對生感到極高的喜悅，而對死懷着強烈的恐懼。其實，這種對生死的情緒反應，是非常可笑的。自然界中到處充滿生命的來臨和離去，誕生與死亡，這些都是很平常很自然的事實，萬物皆如此，一點也不稀奇，這樣看來，生，有何可喜之處？死，有什麼值得悲傷的呢？這種于生死皆不動情的「虛空」，便是王維這首詩的中心思想。王維在「與魏居士書」中這樣表示：「存亡去就，如九牛一毛」，可見在他的眼底，生死本來就不值得注意，也就是說，人不必爲生、死感到雀躍不已或憂心惶惶。這首詩卽藉着花開、花落，來表示生命的誕生與死亡，進一步發揮「雖在生死中，生死不能拘」的超然哲理。

有些詩評家則認爲這首詩的主要目的乃在於：令人由獨自開落的芙蓉花，聯想及人類本身的生死問題，而感到悲愴。其實這是錯誤的看法，曲解了王維的本意。胡元瑞在「詩藪內編」第六卷中曾說王右丞（卽王維）入于禪宗，他的詩如「木末芙蓉花」這首，「讀之身世兩忘，萬念皆寂」，眞是相當正確而高明的見解，也只有澈底了解王維的釋敎思想的人才能說出這種話。

這首詩完完全全作平靜的陳述，客觀的記敍，字裏行間絲毫也沒有主觀的解說或作者感情的流露，而深奧的人生哲理或者禪學要義，卻都存在于這種對外界環境中植物生長過程的忠實描寫裏。精通禪理的作者僅以有限的二十個字眼，卻充分呈現出無限的詩意，很有一股清淡而深長的趣味，眞正達到「簡潔有力」的地步，這也是王維的詩之所以卓越的緣因之一。

淸代桐城派古文大將姚鼐在「復魯絜非書」中，把自然現象所具有的美感釐分成「陽剛」和「陰柔」兩類。他並且舉例說明譬如升初日、淸風、雲、霞、煙、幽林曲澗、淪、漾等，皆屬于「陰柔」之類。他所說的「陰柔」其實等于西洋美學家所倡的「秀美」，它是一種寧靜、細緻、柔和的美，它所引起的情緒反應是單純的、直接的、妥貼的，這首詩所表達的情與景，就是在這種「秀美」的範圍中。例如詩中的意象：芙蓉、紅蕚、澗戶，皆是秀美的景物；詩中的氣氛是寂靜的，連一絲聲音也聽不到，也合乎秀美的條件；文字相當含蓄、精約，即使「開」與「落」的那種柔軟輕盈的動作，也令人感到舒適平靜，在在都達到「秀美」的境地了。

王維非獨是詩人，同時也是一位非常出色的畫家，他的山水畫垂名畫史。中國古代畫家所從事的，多半是捕捉自然的美，王維的這種本領更是超人一等。將詩與畫作完美的結合，乃是王維的看家本領。而在使詩中呈現美好畫面的同時，注入深長的禪理玄趣，更顯出王維功力的爐火純青了。

張九齡的兩首感遇詩

感遇

張九齡

蘭葉春葳蕤，桂華秋皎潔；
欣欣此生意，自爾爲佳節。
誰知林棲者？聞風坐相悅；
草木有本心，何求美人折？

大概而言，所謂「感遇詩」乃是詩人目睹景物，不禁聯想及自己的遭遇，以隱約的言詞來抒發心中的感觸的詩。它的內容特色無非是慨歎懷才不遇，例如初唐詩人陳子昂的感遇詩三十八首，卽皆詠嘆文士之不遇，張九齡的感遇詩亦不例外。本來張九齡的感遇詩共有十二首，蘅塘退士所編「唐詩三百首」只選錄兩首而已。

張九齡（西元六七三——七四〇），字子壽，韶州曲江人，唐玄宗時，任集賢院學士，後拜中書侍郎。開元年間，遷中書令，任尚書右丞相。不幸爲李林甫所排擠，貶爲荆州長史，這位敢於直諫的詩人只好歸返鄉里，作感遇詩，抒發他的心志。張九齡在這首五言詩中，自比蘭桂，暗示自己擁有堅貞清高的氣節，本來沒有用世的意念，因此不求君相的引用。

在中國文學作品中，具有美感及香馥的植物往往被用來比喻有品德的君子，例如屈原的「離騷」便曾以香草喻君子，香草在文學家的眼中即成爲代表君子完美情操、性格的一種記號。張九齡既是愛國尊君的忠臣，所以他也在詩中用蘭桂這兩種香草來自比，看來十分貼切可愛。

自有堅貞不移之本色的蘭桂，欣欣向榮，形成佳節，根本不求美人來攀折，張九齡即藉着這自然現象，比喻自己寄志幽棲，安命樂天，不求君相的舉用。借物比興，具有言外之意，不怨不懟，頗得詩人溫柔敦厚的意旨，難怪高棅在「唐詩品彙」中這樣說：「張曲江公感遇等作，雅正沖澹，體合風騷。」

此詩前四句完全客觀地描寫外在景物，而後四句則以此爲基礎，進而轉入內在心志的敍寫。整首詩的結構可以這樣表示：

寫物→詠志

由描繪景物進而觸景傷情、借物感發，乃是一般感遇詩的基本形態。

感遇　張九齡

江南有丹橘，經冬猶綠林；
豈伊地氣暖？自有歲寒心。
可以薦嘉客，奈何阻重深？
運命惟所遇，循環不可尋。
徒言樹桃李，此木豈無陰？

這首詩其實也可以說是「詠物詩」，其所吟詠的對象乃是丹橘。橘子盛產于江南地區，頗能耐霜寒，在文人眼中，它具有堅貞不移的本性，非但如此，它的色彩燦爛奪目，果肉相當甘美，是上等水果之一。既耐霜寒又有實用價值，所以橘子古來便作爲實用價值高且能堅貞不移者的象徵。中國文學史上最早歌頌橘子的文章，要推屈原「橘頌」。在「橘頌」這篇詠物賦中，屈原自比志節高潔如橘，此後文人多沿用之，用橘子來象徵高風亮節，如梁吳筠的「橘賦」、魏曹植的「橘頌」、齊虞羲的「橘詩」等。約定俗成，橘子便成爲一種通用的象徵符號，包含既有實用性又有堅貞之本質的意義。張九齡這首詩卽是透過橘子這個符號，來抒發他的心志。

此詩前四句敍述橘的本質，第五句則說明它的實用價值。大體說來，這首詩仍具有如前所說的感遇詩的基本形態：寫物——→詠志。前面五句即是寫物，自第六句開始，詩人便因丹橘的麗質和生存環境而有所感嘆，亦即「詠志」。

本來可以當作上等水果進獻嘉賓的丹橘，卻因道路險阻所隔，無法覓及，因此它的實用價值亦等於零。從這個現象，詩人進而體悟出人生的哲理來，即是凡人皆有各自的命運，只好隨遇而安，因爲天道往復不止，絕非人所能推求的。同時，詩人因世人的重視桃李忽略橘子而有所慨嘆。

這首詩其實並非純粹詠物，它是含有言外之意的。看似詠物，其實就是說人，更明白地說，是談詩人自己，詠物詩如只是「詠物」而已，意味不高，詠物而有寄托，才是上乘之作。張九齡因李林甫、牛仙客的傾軋，而罷相歸隱，這件事使他感觸良多，了解這些，再來讀此詩，才能體會個中三昧。詩人透過巧妙的象徵和比喻手法，以堅貞、甘美的丹橘的遭遇，暗示自己懷才不遇，未克發展抱負，而小人卻反而當道。結尾兩句具有很深的諷嘲意味，諷嘲世人的無知與趨炎附勢。世人只知道桃李能夠成蔭，其實丹橘亦能長得滿林碧綠，而世人卻有所不知，這不是絕大的諷刺嗎？

杜甫「佳人」淺說

佳人

杜甫

絕代有佳人，幽居在空谷。自云良家子，零落依草木。
關中昔喪亂，兄弟遭殺戮；官高何足論？不得收骨肉。
世情惡衰歇，萬事隨轉燭。夫婿輕薄兒，新人美如玉。
合昏尚知時，鴛鴦不獨宿；但見新人笑，那聞舊人哭？
在山泉水清，出山泉水濁。侍婢賣珠迴，牽蘿補茅屋。
摘花不插髮，采柏動盈掬。天寒翠袖薄，日暮倚修竹。

這首詩是敘述美人遭逢亂離，遇人不淑，雖然流落無依，卻能堅守貞節。棄婦、堅守節操及採摘野植物等這一類的題材，在古詩中層出不窮，如「上山採蘼蕪」、「豔歌羅敷行」（一名「陌上桑」）等詩均是老生常談的例證。下面且來欣賞杜甫如何處理這些常見的題材來呈現主題。

首兩句客觀地簡介詩中的主要人物，及其住處。緊接著便是詩人代替佳人說話，這一段話從「良家子」起，到「那聞舊人哭」爲止。話中充分顯示這位世上絕少有的美人，乃是飽經風霜的棄婦。她原本是良家的女子，可惜遭逢接二連三的不幸和折磨，遂致身世飄零，不得不流落在空谷中與草木爲伍，度著孤寂淒涼的日子。到底有什麼災禍降臨在她身上呢？自「關中昔喪亂」開始，便將這些變故有條不紊地娓娓道來。先談到她的家人、親戚的遭遇。關中喪亂是指天寶十五年，安祿山攻陷長安之事。安祿山叛亂，她的兄弟皆慘遭殺戮。動亂期間，聲望和地位竟毫無用處，不但保不了親人的性命，甚至連遇害的親骨肉都沒辦法收埋。親戚不能依靠，富貴也無法常保，這些殘酷的事實，說來相當沈痛。一切都是不可靠的，人情世事就好像在風中轉動的燭火那樣變異不定。

禍不單行，非獨家人罹難，不幸的事也發生在她身上。自「夫婿輕薄兒」開始，便轉而訴說她個人的遭遇。她的丈夫非常輕薄，非常勢利，見她娘家衰敗不振，便另娶個漂亮的新人，而狠心地將她拋棄了。這裏特別使用「合昏」（夜合花）和「鴛鴦」來比喻，暗諷見風轉舵、喜新厭舊的夫婿。花鳥尚且能守信有情，合昏一到晚上卽合閉，鴛鴦則雌雄成對，不嘗相離，而人類竟不如它們，竟有棄舊憐新的情形，這怎不令人嘆怨而泣？

從「在山泉水清」迄尾句，又回復首兩句的那種純客觀敍述的立場，亦卽從詩人眼中看佳人的一舉一動，雖然遇到諸種不幸，但佳人仍堅貞自守，好比在山裏的泉水，十分清淨，一塵不染。最後六句，完全是客觀的陳述，作者並未把主觀的思想、批判摻雜在其中。但這種陳述之中，卻含有許多弦外之音，言外之意。

摘花、采柏、倚修竹等動作，由於被歷來的詩家再三地引用，約定俗成，於是具有普遍的象徵意義。花是芳香美好的，柏含有堅貞耐寒的性質，而竹有節，因此也具有貞節之意。女子攀折或倚憑這些植物，表示女子由衷喜歡它們，很有與它們合一的傾向，也可以說，她亦具有美好、貞節的美德。詩人客觀地描述這些動作，暗示佳人能潔身自愛，亦能安貧樂道，安份地過著採野植物以度日的田園生活，這些描述與第二句的「幽居」遙相呼應。這結尾六句不著任何議論，既對夫婿不貶，對佳人亦不褒揚，只是冷靜地、直接地呈現出客觀的景象，宛如電影鏡頭攝取外在景物那樣。然而，佳人的貞潔之志自存于此景象之中，而讀者心中亦自有褒貶。這正是杜甫高妙之處。

有人認爲此詩是以棄婦比喻被放逐的賢臣，以新人比喻新進的、猖狂的少年，來感嘆老成凋謝。這種說法未免太敏感了，未免把淺易的詩看得太深奧了。

杜甫「望嶽」淺說

望嶽　　杜甫

岱宗夫如何？齊魯青未了。
造化鍾神秀，陰陽割昏曉。
盪胸生曾雲，決眥入歸鳥。
會當凌絕頂，一覽衆山小。

泰山爲五嶽之尊，極其崇偉壯闊。它的別名岱宗即因此而得，岱是始的意思，宗是長的意思，岱宗就是指萬物皆從泰山開始滋長，泰山旣是起源點，亦爲尊長。在杜甫之前，已有幾位詩人題咏泰山，譬如謝靈運、李白等，然而卻沒有一首詩足與杜甫的「望嶽」分庭抗禮。他人寫泰山，不但要花費不少筆墨，而詩也未必佳。杜甫咏泰山，僅用八句四十字，卻簡潔有力，堪稱上品無疑。而且通篇充滿遒勁峭刻之氣，很能與泰山的外觀、精氣配合。

此詩起句即見工力，一出手便已不同凡響。以詰問方式起句的詩少之又少，細究其因，大概是以詰問句帶頭的詩特別難寫，同時也不討好的緣故。杜甫卻敢作這種嘗試，由于他擁有一支如椽巨筆，把首句寫得相當成功。一開始即逼問泰山是怎樣的形勢呢？問得突然，也問得神奇，十分高妙。這一問開啟了下面五句，換句話說，接下來的五句乃是直承首句，對泰山的地理環境分別作不同角度的敍述。第二句囊括綠地數千里，用電影術語來說，這是一個場面浩大的「大遠景」，劉須溪說：「只五字雄蓋一世」，的確慧眼獨具。

如果說首聯（一、二兩句）寫遠望之色，那麼次聯（三、四兩句）即是敍近望之勢了。天地的靈秀氣全聚滙在泰山，由于日光照射，山前山後明暗格外分明。杜甫把泰山寫得眞是氣象萬千。

三聯（指五、六兩句）則是寫細望之景，第五句形容襟懷的浩蕩，第六句形容眼界的寬闊，眞可謂波瀾壯大。雖然二、三兩聯皆「對仗」，但不能因此稱此詩爲律詩，它仍是古詩。

前面三聯六句是實敍的，而末聯兩句則是虛擬的。末聯寫極望之情，乃是出于想像，詩人面對如此崇高偉大的泰山，自然而然產生神遊嶽頂的念頭。這聯很靈巧地使用了一個典故。孟子盡心篇曰：「孔子登泰山而小天下。」，有雄心壯志的杜甫盼望和至聖先師一樣，登上泰山，看渺小的羣山皆在腳下，他活用這個典故，寓寄著言外之音。

如上所述，此詩共分四層來寫，每兩句爲一層，循序漸進，層次格外分明。詩題既然是「望」而非「登」，所以杜甫句句皆從「望」字著筆。更進一步而言，前四句寫嶽，含有望字，而後四句寫望，含有嶽字。面對這首章法相當嚴密的詩，不能不佩服杜甫的爐火純青。

在美學上有一種美很能令人情緒振奮昂揚，那便是「崇高」。以大自然景象而言，凡是粗獷龐大的景物，例如高大的山岳，壯闊的海洋，都具有崇高的美。它們能使人精神奮發，進而產生敬畏之心。這首詩之所以能令人神采昂揚、逸興遄飛，無非是因爲詩中的景物泰半是龐大的、壯麗的，例如「岱宗」、「齊魯青未了」、「造化」、「盪胸生曾雲」、「絕頂」、「眾山」等都是，而此詩氣勢之所以雄健，亦多得力于這些景物。

杜甫聞官軍收河南河北的心情

聞官軍收河南河北　　**杜甫**

劍外忽傳收薊北，初聞涕淚滿衣裳。
却看妻子愁何在，漫卷詩書喜欲狂。
白日放歌須縱酒，青春作伴好還鄉。
卽從巴峽穿巫峽，便下襄陽向洛陽。

這首七言律詩是于唐代宗廣德元年（公元七六三年）春天，在四川的梓州避亂時完成的，那時杜甫業已五十二歲了。杜甫死時年僅五十九歲，這首詩可說是他晚年之作。

首聯：「劍外忽傳收薊北，初聞涕淚滿衣裳。」，這突起的兩句，有一股忽然劈下的氣勢。

第一句說官軍收復河北的消息，驟然傳到劍門山外的四川，也就是他所居住的地方來。第二句接著明顯地敍述他乍聽戰勝的佳音時，所引起的直接反應：涕淚如泉湧而下，把衣服都沾濕了。唐肅宗寶應元年的冬天，歷史上有名的安史之亂將近尾聲，唐將僕固懷恩屢屢打敗逆賊史朝義的軍隊，進而平定東京洛陽，史朝義落荒而逃，敗退到河北去，事隔一年，亦即廣德元年正月，史朝義自盡而亡，他的部下紛紛投降，爲害長達七年之久的安史之亂，到這時終於完全平息。安史之亂期間，杜甫流寓四川，一家人長期飽嘗飢餓和流離轉徙的滋味，因此當他聽到捷報，忍不住涕淚縱橫。「涕淚滿衣裳」這五個字，其實滲合著很複雜的意思在其中，起碼包含著兩種意思，第一種是初聞捷訊時的直覺：高興得掉下淚來，如果光從上面五字的字面來看，一定會感到奇怪，「收河南河北」這件事，不是杜甫日夜所盼望的嗎？爲什麼反而悲傷落淚呢？其實，細看來並非如此，那顯然是喜極而泣，我們平常都會有這種經驗，爲了某些事高興過度，激動得流下淚來。歷來詩評家一般都主張這種說法。

另一種意思則是：乍聽捷訊之頃，並不立即感到興奮，反而悲痛萬分地掉下淚來。我們都知道杜甫是一位忠君愛國、宅心仁厚的詩人，他可能在聽到戰勝的消息的同時，聯想到安史之亂時期人民生活的艱困，以及國事的危急不安，痛定思痛，感嘆多端，千頭萬緒眞是不知從何說起，因而只有放聲痛哭一途了。這兩種意思也許都有，儘管這樣，但喜悅終究是難免的，說是喜極而泣也好，或者是悲痛而泣也好，無論如何，多難的國家又恢復安定，總是值得愉悅的事，值得破涕而笑。

頷聯所描寫的卽是這一份喜悅：「卻看妻子愁何在，漫卷詩書喜欲狂。」，這顯然是承接首聯第二句的。安史之亂弄得杜甫家中鷄犬不寧，人心惶惶，只要戰亂一天未能平定，誰都不免深深感到憂愁、焦慮的，杜甫的太太自然也不例外，所以當杜甫家人都知道官軍已收復失土，杜甫特地回頭看看出太太的表情，而這時他太太早已把苦惱抛到九霄雲外去，「愁何在」表示憂愁已不復存在了，的確，多年來所期望的事，如今終於來臨，如果還「愁眉不展」的話，就違反情理。而杜甫自己呢？把書本胡亂地捲起來，顯出一副快樂得幾乎要發狂的樣子。杜甫眞不愧爲大詩人，把那種興奮異常的情景，描寫得活神活現，歷歷在目。

腹聯：「白日放歌須縱酒，青春作伴好還鄉。」，顯然是承「喜欲狂」而寫的，杜甫把那種心情更進一步地加以表達出來。接到戰勝這天大的好消息，不能不慶賀一番，同時也好讓多年來悶悶不樂的心情有痛快發洩的機會。於是白天他愉悅地高歌歡唱，舒服地喝酒作樂，到底已經很久沒有這樣痛快過哪。而就在愉悅痛快之餘，他想到故鄉洛陽，遂起了回鄉的念頭，這也是理所當然的事，故鄉這幾年都處在兵荒馬亂之中，以致於他一家人只好在外逃難，渡過飄泊不定的日子，如今故鄉好不容易總算收回了，哪一個家在洛陽的遊子不想回去呢？更何況這時期正好是鳥語花香的春天，大家在春光明媚裏結伴一起返鄉，眞是其樂融融。既然要回鄉，路途遙遠，就必須好好計劃行程。

末聯便是承接「還鄉」這個念頭來的：「卽從巴峽穿巫峽，便下襄陽向洛陽。」年老的杜甫寫這首詩時尚在四川，也就是說尚未作回鄉的實際行動，所以這兩句是假設虛擬之詞，是他在心中預先草擬的計劃。他完全沈醉在幻想之中，想像他自巴峽乘船穿過巫峽，再經過湖北的襄陽，然後北上，朝故鄉洛陽邁進。從梓州回洛陽的這段路途極其漫長，而且非常艱險，除了需要水、陸兩種交通工具以外，步行的機會實在不少，但杜甫卻輕快寫來，只簡略敍述巴峽、巫峽、襄陽、洛陽這四個主要的地理名詞，似乎迅速便可以抵達目的地，從這裏我們正可以了解一件事實，那就是這一聯顯示杜甫心中急欲返鄉的那份渴求，以及望眼欲穿的迫切心情。

這首詩一聯緊接一聯，上聯生出下聯，聯與聯的轉承關係非常密切，四聯好像四個環，彼此扣得十分緊密，所以整首詩讀起來十分流利順暢，旋律輕快，節奏相當急速，這種寫法最能把亢奮的情緒完全發揮出來。

滄海叢刊已刊行書目（四）

書名	作者	類別
清眞詞研究	王支洪	中國文學
宋儒風範	董金裕	中國文學
紅樓夢的文學價值	羅盤	中國文學
中國文學鑑賞舉隅	黃慶萱 許家鸞	中國文學
浮士德研究	李辰冬譯	西洋文學
蘇忍尼辛選集	劉安雲譯	西洋文學
文學欣賞的靈魂	劉述先	西洋文學
現代藝術哲學	孫旗	藝術
音樂人生	黃友棣	音樂
音樂與我	趙琴	音樂
爐邊閒話	李抱忱	音樂
琴臺碎語	黃友棣	音樂
音樂隨筆	趙琴	音樂
樂林蓽露	黃友棣	音樂
樂谷鳴泉	黃友棣	音樂
水彩技巧與創作	劉其偉	美術
繪畫隨筆	陳景容	美術
藤竹工	張長傑	美術
都市計劃概論	王紀鯤	建築
建築設計方法	陳政雄	建築
建築基本畫	陳榮美 楊麗黛	建築
中國的建築藝術	張紹載	建築
現代工藝概論	張長傑	雕刻
藤竹工	張長傑	雕刻
戲劇藝術之發展及其原理	趙如琳	戲劇
戲劇編寫法	方寸	戲劇

滄海叢刊已刊行書目（三）

書名	作者	類別
野草詞	章瀚章	文學
現代散文欣賞	鄭明娳	文學
藍天白雲集	梁容若	文學
寫作是藝術	張秀亞	文學
孟武自選文集	薩孟武	文學
歷史圈外	朱桂	文學
小說創作論	羅盤	文學
往日旋律	幼柏	文學
現實的探索	陳銘磻編	文學
金排附	鍾延豪	文學
放鷹	吳錦發	文學
黃巢殺人八百萬	宋澤萊	文學
燈下燈	蕭蕭	文學
陽關千唱	陳煌	文學
種籽	向陽	文學
泥土的香味	彭瑞金	文學
無緣廟	陳艷秋	文學
鄉事	林清玄	文學
余忠雄的春天	鍾鐵民	文學
卡薩爾斯之琴	葉石濤	文學
青囊夜燈	許振江	文學
我永遠年輕	唐文標	文學
分析文學	陳啓佑	文學
思想起	陌上塵	文學
心酸記	李喬	文學
離訣	林蒼鬱	文學
孤獨園	林蒼鬱	文學
韓非子析論	謝雲飛	中國文學
陶淵明評論	李辰冬	中國文學
文學新論	李辰冬	中國文學
離騷九歌九章淺釋	繆天華	中國文學
累廬聲氣集	姜超嶽	中國文學
苕華詞與人間詞話述評	王宗樂	中國文學
杜甫作品繫年	李辰冬	中國文學
元曲六大家	應裕康 王忠林	中國文學
林下生涯	姜超嶽	中國文學
詩經研讀指導	裴普賢	中國文學
莊子及其文學	黃錦鋐	中國文學

滄海叢刊已刊行書目(二)

書名	作者	類別
印度文化十八篇	糜文開	社會
清代科學	劉兆璸	社會
世界局勢與中國文化	錢穆	社會
國家論	薩孟武譯	社會
紅樓夢與中國舊家庭	薩孟武	社會
財經文存	王作榮	經濟
財經時論	楊道淮	經濟
中國歷代政治得失	錢穆	政治
先秦政治思想史	梁啓超原著 賈馥茗標點	政治
憲法論集	林紀東	法律
憲法論叢	鄭彥棻	法律
黃帝	錢穆	歷史
歷史與人物	吳相湘	歷史
歷史與文化論叢	錢穆	歷史
中國人的故事	夏雨人	歷史
精忠岳飛傳	李安	傳記
弘一大師傳	陳慧劍	傳記
中國歷史精神	錢穆	史學
中國文字學	潘重規	語言
中國聲韻學	潘重規 陳紹棠	語言
文學與音律	謝雲飛	語言
還鄉夢的幻滅	賴景瑚	文學
葫蘆・再見	鄭明娳	文學
大地之歌	大地詩社	文學
青春	葉蟬貞	文學
比較文學的墾拓在臺灣	古添洪 陳慧樺	文學
從比較神話到文學	古添洪 陳慧樺	文學
牧場的情思	張媛媛	文學
萍踪憶語	賴景瑚	文學
讀書與生活	琦君	文學
中西文學關係研究	王潤華	文學
文開隨筆	糜文開	文學
知識之劍	陳鼎環	文學

滄海叢刊已刊行書目(一)

書名	作者	類別
中國學術思想史論叢(一)(二)(三)(四)(五)(六)(七)(八)	錢穆	國學
兩漢經學今古文平議	錢穆	國學
湖上閒思錄	錢穆	哲學
中西兩百位哲學家	鄔昆如 黎建球	哲學
比較哲學與文化(一)	吳森	哲學
比較哲學與文化(二)	吳森	哲學
文化哲學講錄(一)	鄔昆如	哲學
哲學淺論	張康譯	哲學
哲學十大問題	鄔昆如	哲學
老子的哲學	王邦雄	中國哲學
孔學漫談	余家菊	中國哲學
中庸誠的哲學	吳怡	中國哲學
哲學演講錄	吳怡	中國哲學
墨家的哲學方法	鐘友聯	中國哲學
韓非子哲學	王邦雄	中國哲學
墨家哲學	蔡仁厚	中國哲學
希臘哲學趣談	鄔昆如	西洋哲學
中世哲學趣談	鄔昆如	西洋哲學
近代哲學趣談	鄔昆如	西洋哲學
現代哲學趣談	鄔昆如	西洋哲學
佛學研究	周中一	佛學
佛學論著	周中一	佛學
禪話	周中一	佛學
天人之際	李杏邨	佛學
公案禪語	吳怡	佛學
不疑不懼	王洪鈞	教育
文化與教育	錢穆	教育
教育叢談	上官業佑	教育